N号房追踪记

[韩]追踪团火花(추적단 불꽃) 著
叶蕾蕾 译

우리가 우리를 우리라고 부를 때

湖南文艺出版社
HUNAN LITERATURE AND ART PUBLISHING HOUSE
博集天卷
CS-BOOKY

25位女性写给两位20多岁女性的联合推荐词

　　书中时而紧张、时而平静地记录的事件带给人的冲击是无法用语言形容的。但最令人印象深刻的是，如此非凡的作者却是"平凡"的20多岁的女性。从这份"平凡"中，我们得到了无尽的希望和勇气。

——具贞雅（电影制作人）

　　N号房的加害者当中，没有人不知道自己犯下的错误。只不过他们相信自己是安全的。向打破他们这份坚信的"追踪团火花"致以深深的谢意。

——权金玄英（女性学者）

　　毫不动摇地以受害者为中心、逃离紧身衣运动、Outreach、始终匿名……这个时代两名真正的英雄，全新的年轻女性政治领导者的诞生记录。怀着尊敬和感动，我一口气读完了这本书。

——权仁淑（共同民主党国会议员）

想保护儿童，现在首先要做的就是精读这本书。对事态缺乏明确了解的愤怒是没用的。如果将来有人问，在数码性剥削的噩梦中，谁保护了儿童，创造了安全的世界，我会告诉他们，是"追踪团火花"勇敢地站在这条道路的最前列，并会劝他们读一读她们的书。

——金智恩（儿童文学评论家）

作为20多岁的女性，每每面对悲惨的现实，都会想到站在最前线抗争的她们的勇气和坚强。无论何时我都想学习她们的这种勇气。

——金草叶（小说家）

这不是她们的问题，而是我和我们的问题。我再次认识到，通过我们的力量是可以改变我们的日常生活的。通过这本书倾听"我们"的声音并与之产生共鸣，这也是一种凝聚吧。

——柳浩正（正义党国会议员）

在一个女性安全的社会，其他人也不可能危险。本书不仅预示了韩国媒体的未来和根除数码性剥削犯罪的大方向，而且深刻地解释了女权主义的必要性和作用。

——朴敏智（《国民日报》记者）

每当自己想以太过沉重为由选择回避时，就会想起每天花几个小时的时间潜伏在N号房的火和丹。当大家不再关注N号房事件，这本书又激起了新的火花。我会购买此书并分享给他人。

——秀申智（漫画家）

勇敢地探清这片土地上像坏疽一样腐烂的性认知水准的两个人，她们就是"追踪团火花"。

——斯利克（音乐家）

令人悲哀的是，我们需要了解的东西还有很多。我会告诉别人，一定要读一读这本书，这本书能出版真是万幸。为"追踪团火花"加油！

——严智惠（杂志Channel Yes记者）

在这本书中可以看到"追踪团火花"的日常生活和追踪过程之间的模糊界限。希望这本书能成为"数码性剥削犯罪的世界末日"的第一页。

——吴妍书（《韩民族日报》新闻记者）

改变世界的女性。

——吴智恩（音乐家）

坚持讲述自己看到的东西，这种做法本身就蕴含着变化的力量。这份报告文学便是很好的证明。

——银宥（作家）

平凡的两人做出了伟大的事业。怀着共同目的努力的人很多，这两个人尤其令人感动的原因是，她们凭借"不多的经验和技术"做出了别人无法下决心去做的艰险的事情。而且，真正艰险的一点是，当时的世界还没有认识到这是多么可怕的事情，而她们真正的伟大之处在于，她们明知道这一点，还是下决心去做了。

——李京美（电影导演）

揭发性暴力加害者，并为根除性暴力而并肩战斗的记录应该如此被存档。

——李多惠（电影杂志 *Cine21* 的记者）

在这个疯狂的国家，查明并记录性犯罪也成了女性的事情。对"追踪团火花"坚持走完的所有步伐表示尊敬，我会阅读这本书并和大家一起记住这件事。

——李杜鲁（预告春天出版社共同代表）

作为非接触时代的"方向灯",请用灯光照亮女性的安全。

——李秀贞(犯罪心理学家)

进行反映时代现象的揭露性报道是所有记者有生之年的使命。但是超越使命,改变社会结构无异于登天难事。向率先靠近梦想一步的"追踪团火花"表示极大的鼓励和支持。

——李华镇(KBS 记者)

火和丹的勇气、执着让我心潮澎湃。这是所有人都应该知道的,还在进行中的故事。

——林贤珠(MBC 播音员)

火和丹的勇气已经带来了巨大的变化。在"我"成为"我们"的瞬间,火花已经燃烧起来。现在,到了更多的"我们"在各自的位置上加入这明亮的火花的时候了。

——张惠英(正义党国会议员)

N 号房事件并不是通过偶然的机会才为世人所知,而是被不断正视、思考、行动的两位 20 多岁的女性曝光的,这给世界带来了巨大的影响。我想真诚地对只能匿名的她们表达慰藉和感谢。

——全高云（电影导演）

看到那些残酷的剥削后，又用全部力量引领未来的"追踪团火花"，我们所有人都要感谢她们。一起读这份重要的记录吧，同时很想努力支持两位新闻工作者继续前进。

——郑世朗（小说家）

为根除数码性暴力而活动是件很困难的事情。被我们目睹的那些犯罪行为破坏着生活中的每个瞬间，日常的安宁和平静似乎一去不复返了。尽管如此，我们，还有"追踪团火花"都无法停止行动，原因就在这本书里。本书完整地记录了"追踪团火花"将N号房事件公之于世时经历的冲击和苦恼，它必将成为韩国女性史上珍贵的一笔。一个人无法带来变化，世界也不会轻易改变。但是，就像一度无法理解对方的火和丹相遇并成为"追踪团火花"一样，背景不同、想法不同、生活在不同位置的女性们为了同一个目标共同努力并相遇时，相信那里一定会绽放出绚烂的火花。

——崔瑞希（Reset成员）

这是所有人都应该读的一本书。如果你想生活在一个安全、健康的社会里，面对这一记录，你会对数码性剥削犯罪的可怕感到震惊，对自己的无知感到羞愧，更会想通过行动与周围的人团结起来。向直面惨淡的现实，持续调查取材的火和丹表示感谢！可以改变这个世界的，正是她们身上具有的那种勇气的力量。

——黄善宇（作家）

女权主义希望通过一切方式打碎和改变昨天的我、我们及世界，通过火和丹，我更加鲜明地看到了这一点。就算没有马上看到变化，今后我也不会再问："女权主义真的能改变世界吗？"

——黄孝珍（播客 sisterhood 主持人）

提示语

1. 本书中,"淫秽视频"和"性剥削视频"统一称为"性剥削视频"。

2. 注释中的《火花手册》是作者对数码性剥削犯罪相关用语和事件进行的简单整理。

3. 根据法律规定,书中对已经公开身份的犯人在其网名后面标注了实名和年龄等。没有标注者,是因为法院收回了公开犯人身份的临时处理,目前不允许公开。

写在前面

2020年，N号房事件被频繁报道，举国为之震惊。愤怒之余，我们恳切地希望加害者早日受到应有的惩罚，受害者可以重见天日。2021年的今天，对主要加害者的审判依然处于进行中。但是，对数码性剥削犯罪发出的愤怒的声音似乎越来越弱。"当人们慢慢淡忘这件事情，一年以后，我的视频肯定还会被传到别的地方……"受害者无助的声音似乎还在耳边回响。不管等到什么时候，在事件得到解决之前，我们会和受害者站在一起。对那些因"嫌恶女性犯罪"而内心饱受煎熬的人，希望这本书传达给她们这样的问候："今后，让我们站在一起吧。"

"该如何细致地记录下数码性剥削犯罪受害者的声音呢？"带着这样的思索，我们写下了本书的第一部分和第三部分。第二部分是我们两人各自的成长故事，以及我们记录受害者的声音时的内心感受。第一部分和第三部分采取了相对严谨的新闻报道形式，第二部分收录的是我们的随笔。在写第二部分的过程中，我们一直问自己："这些文字真的可以出版成书吗？"但不可否认的是，在写作的过程中，我们在对话的每一个瞬间都得到过慰藉。希望大家也能从这本书中获得心灵上的抚慰。

在读本书的过程中，也许大家会因为事件的残忍而感到痛苦。不愿相信的事情，就算知道应该了解，也可以选择视而不见。虽然调查采访该事件已经一年多了，但有时我们仍会因为事件本身的残酷而暂时闭起双眼。但，还是冒昧地拜托大家：请接受这个事实，同时承认这些问题的存在。我们之所以还在坚持继续对这个事件进行调查采访，正是因为我们非常清楚，对犯罪的默认和回避也是一种纵容。

在写第一部分和第三部分的某一天，因为太过痛苦，我合上了电脑。假如是我独自一人做这件事，也许会好多天都无法振作起来。在以"追踪团火花"的身份进行活动的时间里，我曾无数次感慨，幸好我们是两个人！最近越来越觉得，如果是一个人的话，可能对很多事情早就放弃了吧。但是，如果有更多的人加入我们，那将会迸发出怎样的能量呢？

如果能通过书与读者走得更近，那该有多好啊。匿名活动的这一年多的时间里，不能与大家敞开心扉地自由交流令我们深感遗憾。所以，我们决定在这本书中说说我们到底是怎样的人。我们两人的共同点包括：女性，20多岁，上同一所大学同一个系，有兄弟姐妹。仅此而已。在不同环境中长大的我们的不同之处可能用两只手都数不过来。但即使如此，作为生活在韩国的20多岁的年轻女性，我们的共同经验非常多。即使成长的环境、经历、做事的方法都不同，我们也认为，当我们把我们称为"我们"的时候，就是凝聚的开始。

一直以来，不断进行着艰难的斗争，同时给予我们巨大勇气的李秀贞教授、徐智贤检察官，和我们并肩作战的Reset[①]，还有韩国女性热线，联合在一起旁听对Telegram[②]性剥削事件的加害者的审判的活动家们，为受害者提供帮助的韩国性暴力咨询所的工作人员，正因为有你们的存在，我们才能正确地了解问题所在，然后进行新闻取材。虽然很缓慢，但韩国社会正在一点一点变好，这变化是各位争取来的宝贵财产。坚持打击性剥削犯罪活动是一件艰难的事，从这次的事件中我们也切身体会到了这一点。

从不吝惜对我们的真诚鼓励的郑柔善企划，相信并耐心等待我

[①] 2019年12月16日，对在Telegram N号房发生的性剥削事件感到愤怒的女性们发起的控诉Telegram性剥削的活动，这一女性团体名为"Reset"。——编者注

[②] 一款即时通讯软件，用户可以相互交换加密消息，发送照片、视频等所有类型的文件。——编者注

们的YIBOM出版社的高美英代表，以及李彩妍、成有晶编辑，能与各位合作出版第一本书是多么幸运的事啊！我们会一直怀着感恩的心努力生活。还有让我们成为"追踪团火花"的周英奇教授，谢谢您！支持我们的朴前辈和其他记者前辈们，谢谢你们！

还有调查采访开始以来一直为我们担心的家人们，谢谢！对不起！爱你们！

2020年9月
"追踪团火花" 敬上

目录

> **第一部分**
> **2019 年 7 月 那天的记录**

002　2019 年 7 月，看到手心里的地狱

009　Telegram 聊天室里的加害者和他们的精神支柱

011　报道 N 号房事件，是否可行？

013　你们是受害者本人吗？

016　警察和"追踪团火花"建群

018　我们提供的帮助有用吗？

020　在 Telegram 里的罪犯无法抓到？

024　性剥削加害者们的联合记

028　宣称自己绝对不会被抓住的"Watch Man"

030　熟人凌辱

032　寻找受害者 A

038　加害者们的追思祭

039　看到舆论之光

046　第二个 N 号房

050　"Welcome to Video"用户的新"乐园"

053　还没到删除 Telegram 的时候

056　是谁在给"博士"打钱？

059　失去对国会的信任

060　N 号房追踪记和拘捕"博士"

063　噼噼啪啪，火花燃烧起来

第二部分
火和丹的故事

第 1 章　相遇

068　火的故事："那个学姐怎么样？"

071　丹的故事：我和火有共同语言了！

073　火的故事：我们不一样

075　丹的故事：火，我们做朋友吧

第 2 章　好像哪里不对劲，好像哪里不舒服

080　火的故事：没有伪装的、真正的我

082　丹的故事：又要那样吗？

083　火的故事："那是爱吗？"

086　丹的故事：大人们的提议

089　火的故事：学习巴西柔术

092　丹的故事：经历了相同的事情，为什么只有我觉得不舒服？

096　火的故事：日常中的暴力

101　火的故事：姐姐是对的

103　丹的故事：妈妈和紫菜包饭

105　火的故事：妈妈的工作是"外面的事"加"家里的事"

第 3 章　发出自己的声音

108　火的故事：只有我觉得这是重要的问题吗？

110　丹的故事：特别的一天经常来临

115　丹的故事：日常中的憎恶

120　火的故事：不就是头发吗？有什么了不起的！

124　丹的故事：剪短头发心情真好

第 4 章　要去哪里才能见到我呢？

128　火的故事：你在干什么？

131　丹的故事：如坐针毡

133　火的故事：我愿意感到不舒服吗？

135　丹的故事：我在走的路

138　火的故事：丹的告白

140　丹的故事：第一次在火面前哭

第 5 章　开始调查

142　丹的故事：我的第一个头条是"总统的耀眼美貌"

144　火的故事：这能算是新闻吗？

147　火的故事：这次的现场是 Telegram

149 火的故事：衣柜风波

151 丹的故事：火的深夜来电

152 火的故事：担心变成了现实

154 火的故事：我是××的朋友……

156 火的故事：残像

158 丹的故事：残像只是残像

159 火的故事：走到最后

161 火的故事：随机聊天

163 丹的故事：你现在站在哪一边？

第6章　N号房报道之后

166 火的故事：70次采访

169 丹的故事：漫长的一周

172 丹的故事：如果不是以"追踪团火花"的身份活动

175 火的故事：爸爸，您知道我的心意吧？

178 丹的故事：爸爸，谢谢您

180 火的故事：我的变化，社会的变化

第7章　"追踪团火花"的开始

183 火的故事：今天的苦恼

- 185　丹的故事：我们不是花，而是火花
- 187　火的故事：公开长相
- 189　丹的故事："追踪团火花"是"女性"，也是"两个人"

第三部分 一起燃烧

- 194　2020年开始
- 197　拘捕"博士"一周后
- 204　让受害者回归正常生活
- 210　日常中的性剥削犯罪
- 212　受害者在我们身边
- 216　"Outreach"联盟的开始
- 220　"你们变成这边的人了"
- 226　请停止受害者有罪论
- 228　没有哪个受害者活该受害
- 230　受害者援助进展如何？

234　我真的是"GodGod"的受害者！
237　《N号房防止法》？无法阻挡死角地带
245　尊敬的审判长，国民的想法是
248　这又是什么？
250　首尔中央地检的座谈会上
252　两次演讲

257　**写在最后**　一切会有终结
261　**后记**　我们的聊天室
277　**附录**

第一部分

2019 年 7 月
那天的记录

聚集在哥谭房里的加害者们经常说,因为 N 号房里发生的一切都超出了正常人的想象,所以没看到视频是不会相信的。这也让我们确信,N 号房里发生的事情大概只会在成人动漫中出现,所以国内媒体不会相信,这些事也不会被报道。而加害者们很清楚这是残忍的性剥削事件,并恰恰因此心存侥幸。

2019年7月，看到手心里的地狱

一年前，我们还是怀揣记者梦想的大学生。为了积累对就业有帮助的经验，我们开始准备参加新闻通信振兴会的"深度报道"征集活动所需的材料，我们选定的主题是"非法拍摄"。因为对在韩国生活的20多岁的女性来说，这是最贴近我们实际生活的问题。

为了寻找散播非法拍摄的视频的据点，我们在网上进行了搜索，结果发现了大量此类网站，而且过程比想象中容易得多。虽然已经做好了心理准备，可眼前的一切还是让我们感到阵阵眩晕，仿佛马上就要虚脱。我们从来不知道，在日常生活中的几乎所有地方，都在发生着非法拍摄犯罪，而无数女性对自己是受害者的事实浑然不觉。在谷歌大概搜索了10分钟左右，一个名为"AV-SNOOP"（详见附录3 数码性犯罪用语整理）的博客进入了我们的视野。之所以引起我们的注意，是因为它和前面看到的那些网站很不一样。

大部分色情网站的内容都以图片和视频为主，该博客里却主要是文字。名为"Watch Man"（详见附录3 数码性犯罪用语整理）

的博主在此处上传了很多关于非法偷拍视频的观后感，其中一篇关于 Telegram "号码房"（当时以 "Watch Man" 为首的加害者们把"N 号房"称为"号码房"）的文字吸引了我们的注意。

这篇观后感里没有一张图片，只有单纯的文字，但点击率是博文中最高的。在另一篇名为"Twitter[①]××女散布事件（号码房）"的观后感中，我们发现了一个网名为"GodGod"的用户发布了大量对青少年进行性虐待的内容。观后感的末尾写道，在聊天软件 Telegram 上可以看到"奴隶视频"。

看到博客 AV-SNOOP 的上端有一个通往"哥谭房[②]"的 Telegram 聊天室链接，我们决定去一探究竟。首先注册 Telegram 账号，然后进入哥谭房，令人惊讶的是完全不需要进行成人认证。（注册 Telegram 账号时可以设置匿名账号或随意更改姓名，因此个人信息不会被泄露。）

顺利地进入哥谭房后，我们看到了一则公告。原来这里有 1—8 号八个聊天室，公告中对每个房间播放的影像，以及影像中的女性的个人信息进行了简单介绍。看来这些设有编号的聊天室每一个

---

① 美国的提供微博客服务的社交网站。——编者注
② 哥谭市（Gotham City）作为蝙蝠侠的故乡和生活的城市而闻名于世。作为通往 N 号房的关口的 Telegram 聊天室"哥谭房"的名字正是来源于此。哥谭市和哥谭房都是观念堕落、犯罪不断、法律监管薄弱的地带，区别仅在于哥谭房没有蝙蝠侠这样的守护者。——译者注

都不简单。当时仅在哥谭房就有1000多名（以2019年7月15日晚上10时为准）匿名Telegram会员。在共享各种非法拍摄的视频的同时，这些人的言谈中充斥着对女性的侮辱，仿佛她们不是人类，而是供人随意消遣的商品。诸如此类的聊天信息在一个小时内就超过了1000条。经过两个小时左右的观察，我们大概掌握了这些聊天室的基本情况。

哥谭房的房主是博客AV-SNOOP的经营者"Watch Man"，他被房间的成员们称为"大哥"。

"凡是来到Telegram的人没有是为了看正常东西的吧？如果只是想看AV的话还不如去日本网站。"

"当然当然，Telegram是看儿童色情视频的地方嘛。"

进入房间后，参与聊天的人数一直在不断增加。

"可以在这里公布前女友的KakaoTalk① 账号吗？"

看到有人想公开前女友的KakaoTalk账号，聊天室的成员们纷纷怂恿道："KakaoTalk账号就算了，发点（性爱）视频出来吧。"

在这里，所有人最感兴趣的就是"N号房"。"Watch Man"会定期上传N号房的视频里的女性的姓名、学校、班级及对该女性的评价，激发成员们的好奇心。而所谓的"N号房会员"们更会

---

① 一款韩国的免费聊天软件。——编者注

在哥谭房里对N号房的视频里的女性评头论足，甚至策划"去××学校找她吧"之类的集体强奸活动。由于进入哥谭房不需要门槛，假设有人在这里上传了非法拍摄的视频，遭到举报后很容易被连锅端，这样便会截断进入N号房的第一条通道。所以一旦有人在哥谭房发布性剥削视频或非法拍摄的视频，下一秒视频便会被"Watch Man"删除，同时发布者也会被踢出聊天室。

在哥谭房并不容易得到通往N号房的链接。想去N号房，首先要进入哥谭房下面的衍生房，而衍生房的链接是不定时发布的。开始调查后，仅仅一天的时间里，我们就发现了20多个衍生房。

衍生房里不但有各类国内外色情片、国内的非法拍摄的视频，还有儿童性剥削视频，以及一些无法归类的令人发指的残忍影像。初来衍生房，只要同聊天室成员们分享一些限制级照片或视频，很快就能同所有人打成一片。

仅仅在一个衍生房里，我们就发现了色情图片1898张，大容量压缩文件233个。这还只限于我们看到的。鉴于成员之间私底下也会经常交换此类影像，一天的时间里究竟有多少色情影像被散播、交换，实在无法估量。

我们卧底的衍生房里，主要分享对不同年龄、国籍的儿童进行性剥削的视频，拍摄地点为洗手间或出租屋的非法拍摄的视频，强奸吃了GHB（液体迷魂药）的女生的视频。每当这类视频被发布出来，屏幕上就会充斥着针对女性的各种侮辱性评论。有的聊天室甚至要求成员必须参与这类色情评论，如果不这样做，就会被踢出聊天室。

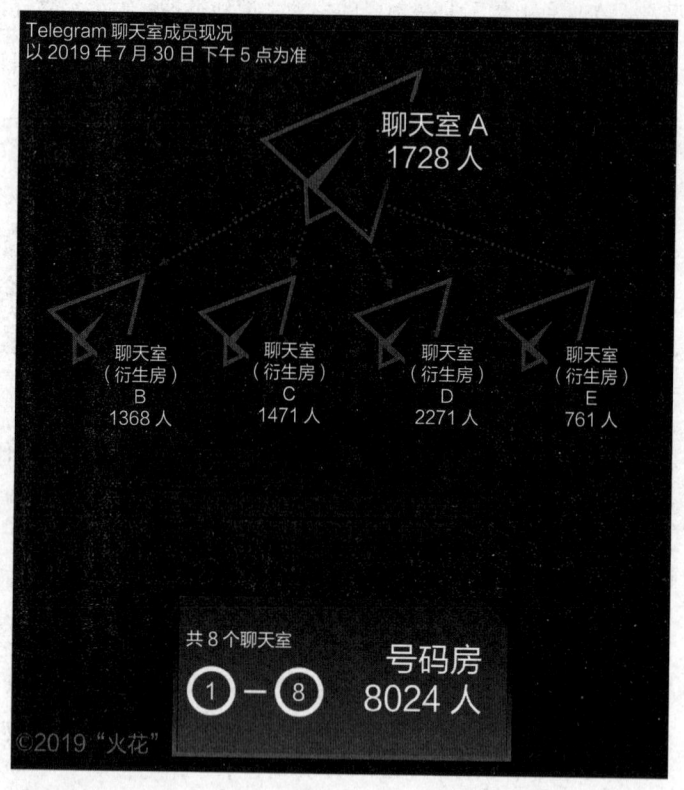

2019年7月30日下午5点Telegram聊天室分布现状图：
聊天室A为哥谭房，聊天室B—E是只有在哥谭房得到链接才能进入的主要衍生房。当时，光是衍生房就有几十个。

衍生房的房主时常放话出来——"上传偷拍视频即可获得N号

房链接""上传罕见的淫秽视频可获得N号房地址"。可是,我们手里怎么可能有那种视频?正在为难之际,曾经放宽哥谭房认证条件的一个管理者发话了:"我这里有进入N号房的链接。想进N号房的人先把自己的头像改成日本动漫女主角,然后和我联系。"

我们立刻在网站上搜索"日本动漫女主角",先把图片存下来,然后将其设置为自己的头像。随后,对方果真发来了链接。就这样,注册Telegram账号后,我们用了5个小时的时间,最终拿到了N号房的链接,来到了N号房之一的1号房。

进入N号房,首先闯入视野的是很多儿童的裸体。这些孩子便是哥谭房和衍生房的成员们口中的"奴隶"。这些孩子看起来大部分是初中生或小学生,视频中,孩子们使用工具自慰,有的身体上还用刀刻有"奴隶"的字样,一些孩子赤裸着身体在公共洗手间或野外活动。(这些仅仅是"GodGod"指示孩子们做的一部分行为。为防止引发二次伤害,本书没有公开所有的受害者事例。)看样子,孩子们是根据N号房的成员们的指示拍摄了上述视频。

看到这些视频,我们很长时间都无法说出一句话,精神世界一片混沌。这竟然是现实中真实发生的事情!就在我们国家,和我们生活在同一时代的人做出了这样的暴行!我们的大脑一片空白。我们实在无法相信,也不愿相信这一切是真的。就在这时,我们又看到了N号房里发布的一则公告:

这里发布的所有视频和照片,都是威胁那些有"不雅账号"[1]的女生拍摄的。因为她们不服从要求,还尝试逃跑,各位可以自由传播、使用这些视频。

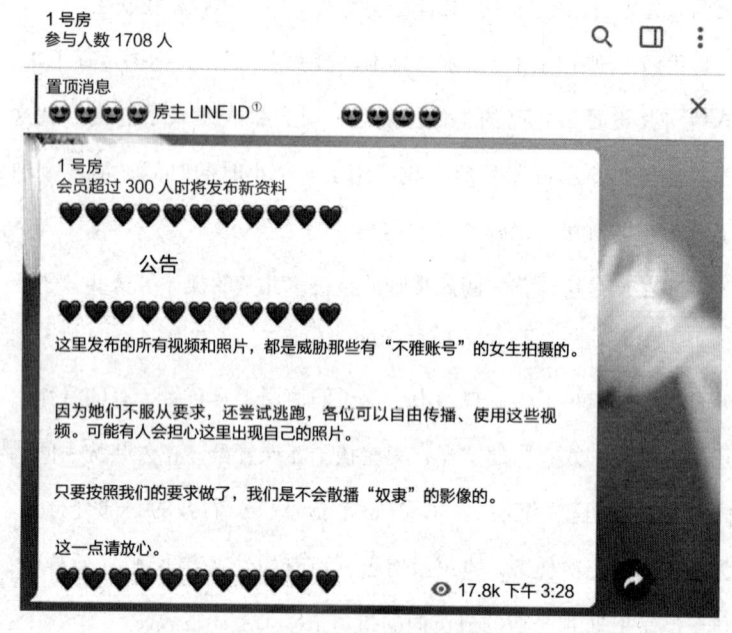

N号房之一,1号房的公告截图

---

[1] "不雅账号"是"发布不雅内容的账号"的缩略语。"不雅账号"的主人不分男女,主要指10~20岁、在SNS(社交网站)上发布过露骨的性相关内容的用户。N号房事件中,"GodGod"利用黑客技术侵入这些账号,或通过威胁用户获取其个人信息,在长达一年多的时间里,对几十名未成年人进行性剥削。——编者注

[2] LINE是韩国的一款聊天软件,ID是账号的意思,LINE ID指聊天软件账号。——译者注

受害者们被困在 N 号房这个监狱里。"GodGod"肯定利用孩子们害怕被父母和学校知道的心理，对其进行了威胁！想到受害者们遭受威胁时的恐惧，我们的内心涌起一阵难过。Telegram 聊天室里正在发生令人发指的犯罪行为！每一秒钟都有新的加害者、受害者，以及性剥削视频出现在我们眼前。虽然我们最初的目的是进行调查报道，但现在，我们无法做到坐视不理了。必须报警，这是当务之急。

Telegram 聊天室里的加害者和他们的精神支柱

"N 号房的视频比'××女系列[①]'更刺激吗？我迄今为止都没进过 N 号房呢。"

"没进过号码房（N 号房）的人肯定想不到那里有多刺激。找找前面的聊天记录，可以看到去号码房（N 号房）的方法。"

"得往回爬多少层楼啊？这个房间（哥谭房）的聊天记录这么多，估计得找上一整天。"

[①] 称呼遭受性剥削的 N 号房受害者们的隐语。N 号房事件曝光前的 2019 年夏天和秋天，数码性剥削犯罪被称为"号码房事件""Twitter 奴隶女事件"等。据我们掌握的情况，在 Twitter 上活动的加害者散布性剥削影像的行为至少从 2016 年便开始持续进行。——《火花手册》第一条

"话都说到这份儿上了,剩下的就自己找吧。如果这点时间都不愿意花,总是来问我的话,我就要往外踢人了。希望大家都自觉点。"

哥谭房里某个想看 N 号房视频的成员被"Watch Man"认为是"没眼色"。其他成员则劝告刚进入聊天室的成员,至少前面 3 天不要说话,先熟悉一下规矩。

我们开始调查的 2019 年 7 月,从 1 到 8 号共有 8 个 N 号房,而得知这一事实是在哥谭房。哥谭房的公告几乎都是 N 号房的宣传语。它的管理者"Watch Man"总是通过公告激发成员们的好奇心,可是,如果新来的人当中有人问"在哪里可以看 N 号房的视频",他又会当场拒绝。如此,"Watch Man"通过公告吸引成员们上钩,试图凌驾于蜂拥而至的众人之上。这样做似乎是为了制造一种假象:我只是在博客和 Telegram 聊天室(哥谭房)中起到了宣传 N 号房的作用,并没有像"GodGod"一样直接制作性剥削视频,因此我不算犯了罪。

由于"Watch Man"是房主,所以经常收到来自群里的成员们的问题,整理一下他的回答内容,我们了解到:他目前 25~30 岁,是某数学学院的讲师,未婚。有人问他结婚了没有,当时他回答:"补习班有很多孩子,为什么非要结婚?"传播儿童性剥削视频的人竟然是学院讲师……虽然他说的话不能完全相信,但仍然让我们不寒而栗。他表示"Telegram 连恐怖分子的信息都不会泄露",让大家不用担心,并将自己管理的哥谭房称为"Telegram 入门者的使用说明书",看起来非常得意。

通过他的哥谭房和博客获取色情影像的人太多了。必须弄清这个"Watch Man"的身份并且报警,这样才能阻止更多的人通过哥谭房找到 N 号房,观看和传播里面的性剥削视频。我们立即将有关"Watch Man"的身份的所有信息进行了截图保存。

报道 N 号房事件,是否可行?

除了 N 号房,还有性骚扰、强奸模拟、熟人凌辱等各种进行性剥削犯罪的聊天室。我们思考,到底要把哪些内容报道出来?聚集在哥谭房里的加害者们经常说,因为 N 号房里发生的一切都超出了正常人的想象,所以没看到视频是不会相信的。这也让我们确信,N 号房里发生的事情大概只会在成人动漫中出现,所以国内媒体不会相信,这些事也不会被报道。而加害者们很清楚这是残忍的性剥削事件,并恰恰因此心存侥幸。在门户网站上搜索"Telegram""数码性剥削犯罪""N 号房",我们没有看到任何与事件相关的报道。

2019 年 7 月中旬,"Watch Man"曾嘲笑说"本来(报道)要写Twitter××女的""在网上传开的话,媒体会闻声赶来,进行报道。但所有人都会觉得这是城市怪谈,不会有人相信"。

"Kelly"(申某)也说:"让这件事成为在韩国只有1000个左右的人知道的事件吧。"事实上,他是在远远不止1000人的哥谭房中尤其活跃的一个成员。我们曾看到过哥谭房的一个成员,他是在一个男性用户占大多数的网络社区中看到链接后过来的。其实,在谷歌上搜索"N号房""号码房""Twitter奴隶"时,我们发现在男性用户占大多数的网络社区"玩笑狗""搞笑大学"中出现过与N号房事件相关的帖子。但是这类文字由于违反社区规定,一经发现即被删除,并未看到有人向警方举报过。

7月末,随着"深度报道"征集活动设置的提交作品的截止时间日益临近,我们的担忧也越来越多。我们担心,通过征集活动发表N号房相关报道会给受害者带来更大的痛苦。还有,报道发表出去,如果没有得到应有的关注,反而可能带来替N号房宣传的负面效果。所以我们对报道非常谨慎,也充满忧虑。重要的是大型媒体,如果大型媒体对N号房事件足够关注,并且持续进行深度报道的话,那情况就会好很多。媒体需要加强对加害者进行持续追查和严肃处罚的有力引导,这样才能保护受害者。我们决定向在《国民日报》做实习生时认识的记者朴前辈寻求建议。

《国民日报》的朴前辈告诉我们,如果警方合作的话,应该可以谨慎地将该事件报道出来。和我们一样，他也担心这会对受害者造成二次伤害。但他认为，作为记者，还应坚守"没有受害者的事件是不成立的"这一立场。在得到朴前辈的建议之后，经过几天的考虑，我们终于想通了：如果能让社会向更好的方向改变，那么进行报道就是正确的。不能因为担心报道对受害者造成二次伤害，就漠视发生在眼前的伤害。必须尽快肃清这近一个月的时间里我们亲眼看到的性犯罪团伙。为了保护置身于法律死角的受害者，从严处罚躲藏在 Telegram 保护壳里的加害者，我们写下了对这个事件的完整报道。

你们是受害者本人吗？

我们第一次去的地方是警察厅本厅网络安全局。只有向这里举报，案件才能被分配到各地方警察厅，然后得到相应调查。因为这是网络空间中发生的犯罪，加害者很有可能分散在全国各地。

报警前一天的夜里，我们一直潜伏在 Telegram 的各个聊天室里，重新观察现场的情况。在 N 号房以外的其他聊天室也发生着各种性剥削犯罪，一时间我们不知该从哪里开始说明，最后我们决定首先对通往各个聊天室的哥谭房的管理者"Watch Man"和 N 号房事件进行揭发。第二天下午，我们联系了警察厅本厅网络安全局。

"有人以数十名儿童、青少年为对象制作性剥削视频。这些视频在 Telegram 上被广泛传播。"

"关于数码性剥削犯罪的报案很多，之前很有可能已经有人报过案了。二位是事件当事人吗？"

"啊，我们不是受害者。但是……"

"如果不是受害者本人，是很难受理的。"

可亲告罪[①]已经废除 7 年[②]了……

这位警察似乎并不了解当今的数码性剥削犯罪有多严重。在保密性极强的 Telegram 发生的性剥削犯罪隐蔽性更高。我们也是花了很多天的时间在 Telegram N 号房中卧底调查，才了解了里面发生的性剥削犯罪。最终，我们决定去附近的警察局详细说明情况，并立即坐上了出租车。

来到警察局，我们告诉服务台自己是来举报数码犯罪的。在

[①] 指告诉才处理的犯罪，即以被害人或者其他有告诉权的个人的控告作为处理条件的犯罪。2013 年 6 月 19 日开始执行的修订法案规定，性犯罪即使没有受害人的起诉，或加害人已与受害人达成协议，也会受到处罚；对未满 13 岁的儿童、青少年实施强制猥亵或强奸者、杀人犯罪者不设诉讼时效。自 1953 年 9 月制定刑法以来，时隔 60 年韩国全面废除了《对性犯罪的亲告罪规定》（刑法第 296 条及第 306 条）。——《火花手册》第二条

[②] 韩国于 2013 年 6 月 19 日废除了亲告罪，本书写成于 2020 年，因此此处说"亲告罪已经废除 7 年了"。——编者注

"网络调查组"的门牌前,我们深吸了一口气。

"您好,我们是来报案的,这是我们的举报资料。"

警察看了我们带来的照片和视频资料,未发一言,他已经意识到了事件的严重性,开始向我们询问"是否与受害者取得联系""是否掌握了加害者的人数规模"等问题。我们详细说明了过去一段时间内掌握的情况。

警察表示"制作并散布未成年人性剥削视频的数码犯罪还是第一次遇到""案件重大,最好上报至警察厅"。"啊,有希望了……"我们不禁长出一口气。但几乎与此同时,我们又开始担心,如果警察厅不积极进行调查怎么办?当时正是我们对女性安全处于死角地带的现实深感无力的一段时期。2018年,女性们走上街头,谴责偷拍、网盘联盟(webhard cartel)① 和放任女性厌恶风气的政府,进行谴责"非法拍摄偏袒调查"的示威。这是亚洲最大规模的女性人权示威,它告诉人们,以女性为对象的性剥削犯罪正通过偷拍的方式隐秘进行,事态的严重性不容忽视。结果还不到一年,我们就在网上目睹了这样可怕的事件。"就算我们想阻止这场犯罪,真的阻止得了吗?"

---

① 指上传淫秽或性犯罪视频等非法影像的用户和网络硬盘企业相互勾结,获取非法利益。在网络硬盘上大量上传非法内容的"非法上传者"(Heavy Uploader),以及本应搜索并切断非法内容获取的网络过滤运营商均与网络硬盘企业联手,沆瀣一气。——《火花手册》第三条

在等待江原地方警察厅回复的 5 天的时间里,"Telegram 性剥削犯罪中心部"——哥谭房的成员又增加了 100 名左右。

警察和"追踪团火花"建群

从警察局回来后第二周的周一,我们见到了江原地方警察厅网络搜查队性暴力调查组(以下简称"调查组")的两位警察。我们给警察看了我们去过的那些聊天室,聊天室里在不断上传性剥削视频,这样的情景让我们非常难过。没有想到,传达犯罪信息也会伴随这样痛苦的负罪感。尽管传达的对象是警察,我们的内心仍然感到痛苦不安。因为观看非法拍摄的视频的行为本身就是对受害者的加害。在咖啡厅的角落打开笔记本电脑,我们向两位警察介绍了 Telegram 聊天室中最活跃的哥谭房、臂章房(偷拍视频、性剥削视频共享房)和号码房(N 号房)。警察们了解了聊天室的情况后,把注意力集中在了与文化商品券和加密货币相关的聊天记录上。原来,站在警察的角度看,之前一直被我们忽略的加害者们的对话也可能成为决定性证据。到这里,一直悬在心里的石头终于落地了。

"终于开始调查了!"

这段时间以来,我们好像一直站在看不到尽头的隧道里。眼前发生的可怕的罪行让我们始终战战兢兢、如履薄冰。我们迫切地希望警察们能够了解数码性剥削犯罪的严重性，然后对案件开展有力的调查。

现在，调查组已经接到了我们的举报，我们去过的 Telegram 聊天室已成为"犯罪现场"。我们还可以在这间实时发生犯罪的聊天室里继续进行潜伏调查吗？我们征求了警察的意见。

"两位调查这件事属于协助警方调查的活动，所以没有关系。但是绝对不能给除调查组的警察以外的其他人分享照片或视频。"

7月中下旬，警方正式展开调查。

警察在和我们一起创建的 KakaoTalk 聊天群里发了第一条信息：

"请随时提供案件相关线索。"

这条信息让我们激动不已。因为这意味着，警方已经做好了开始调查的准备。从那时起，我们把可能成为检举包括哥谭房的 "Watch Man" 在内的一切加害者的证据资料都上传到了群里。

"这类信息会对破案有帮助吗？"

不确定收集到的信息是否对破案有帮助的时候，警察总是鼓励我们："不管是什么信息，只要有助于锁定犯罪嫌疑人，都对破案有帮助。"如此，我们提交的所有资料都得到了足够的重视。

我们提供的帮助有用吗？

每天上完编码课才能吃晚饭，之后花 5 个小时左右的时间收集证据，直到凌晨三四点我们才能睡觉。早上醒来后第一件事就是登入 Telegram，每个聊天室都有数千条对话。由于一睁眼就开始担心凌晨发生过什么，所以我们每天早上都会在 Telegram 聊天室里待上 1 个小时左右。想到在我们入睡的时候可能有受害者出现，几乎每个早晨我们都在不安中度过。报警后，从 7 月的第三周开始，每天晚上我们都握着手机观察聊天室的动态，直到困得实在睁不开眼，不知不觉睡着。虽然知道这不是马上就可以解决的问题，但我们不能坐视不理，总感觉应该做点什么。

我们去过的聊天室有 100 个左右。加害者们上传性剥削犯罪视频最活跃的时间是子夜到天明这段时间，上传视频相对较少的时间段则为上午 6 点到下午 6 点，这期间一般都是在闲聊。仅在哥谭房就有数千人对话，话题也各不相同，且一分钟都不间断。警方展开调查后，我们每天都会发送聊天室的截图，主要是对非法拍摄受害者的加害行为、非法拍摄的视频的传播现场的截图。

我们的调查方法并不特别。虽然在大学里学习新闻，但我们没有学习过调查数码犯罪的方法。另外，在这次事件的调查过程中，我们深切地体会到，在追踪虚拟空间里发生的性剥削行为和践踏受害者人格的对话，并将此保存为证据方面，比起学过的专业知识和取材要领，坚持更重要。就这样，我们怀着一定要将加害者们送上法庭的审判席的坚定信念，努力坚持着，咬牙挺过了极其艰辛的诸多瞬间，进行了超过一年的潜伏取证。Telegram是战场，我们的手机相册里如实保存着那些战争的伤痕。案件的进展非常缓慢，几乎每天都有无数个瞬间会产生想要放弃的冲动。而与此同时，加害者们仍然在持续榨取着受害者们。

我们的活动最初被公之于世时，有些人嘲笑说："'追踪团火花'收集证据就像小孩子玩侦探游戏。"意思是只靠手机观察Telegram聊天室动态的两名大学生收集的证据资料，可信度能有多少？当然，有这种疑惑很正常。我们所收集的资料并非完全可信，首先就无法排除加害者说谎的可能性，比如加害者说自己"就读于××大学哲学系"和"正在经营学院"的话，这类需要查证的东西有很多。但是，我们还是将这类内容全部截图，并在笔记本电脑上将聊天记录进行了备份。只有这样做我们才能继续前进。

在 Telegram 里的罪犯无法抓到？

"追踪团火花"："'rabbit'似乎可以被锁定，这个证据有用吗？"

警察："这个信息很有用！谢谢你们。"

这是在追踪"rabbit"的第一天我们与警察的对话。在 Telegram 哥谭房及其衍生房中，有一个比我们晚进来两周左右的用户，Telegram 账号昵称叫"rabbit"。"rabbit"是在警察开始正式调查后出现的，他的出现让我们猛然意识到，如果行踪暴露到这个程度，即使在 Telegram 里也可以抓到犯罪嫌疑人。由于"rabbit"白天和夜晚都比较活跃，很快便被聊天室的其他成员称为"热血参与者"。他肆无忌惮地暴露着自己的身份，仿佛铁了心要以身试法，在聊天室公开了很多自己的个人信息。

追踪"rabbit"的第二天，我们收集到他的个人信息如下：

××大学工科学院××级，最近出现的位置在光州，最近去过大邱旅行。

由于是匿名暴露的信息，所以不能完全相信，但也极有可能是真实的，所以我们把所有对破案有帮助的线索都整理了出来。

追踪"rabbit"的第三天，当时表现活跃的"Ikiya"（李元昊）、

"Chester"（臂章房的管理者）等主要加害者开始逐渐信任"rabbit"，说他很诚实，而且懂规矩。"rabbit"似乎常常一整天都在线，他不但随时发送对话活跃聊天室的气氛，参与管理聊天室进进出出的成员，还经常分享以儿童、青少年为对象的性剥削视频。

就像很多网友在男性用户较多的 dcinside[①] 论坛里结下了友谊，"rabbit"在 Telegram 聊天室也试图与其他成员交好。每次遇到和自己同一地区的人，"rabbit"总是表现得很热情，就像见到了同一小区的邻居。聊天室里的主要加害者们总是对普通成员们说："你们都能像'rabbit'那样就行了。"自然而然地，"rabbit"引起了我们的注意。

想看"新作品"的成员很多。"新作品"越多，聊天室的成员就会越多。聊天室的主要管理者希望不断扩大聊天室的规模，最后卖掉聊天室，得到收益。聊天室的成员们积极传播非法拍摄的视频等活动的活跃程度会直接关系到聊天室的售价。也就是说，从哥谭房衍生出来的聊天室的管理者们可以通过上传性剥削视频获得收益。他们侮辱践踏女性的人格，目的只是捞钱。

在哥谭房衍生出来的多个聊天室中表现活跃的"rabbit"被其他会员称作"榜样"。"rabbit"在"臂章房"和"自慰房"表现得

---

① 韩国数码相机销售网站。——编者注

最为活跃。参与聊天越频繁，昵称暴露的频率就越高，因此在短短3天后成员们就将"rabbit"视为主要成员了。

"（附链接）从外国人那里得到的 pedo 视频[①]。"

追踪"rabbit"的第四天，rabbit 在星巴克××店前拍照并上传，说那里是自己现在的位置。我们断定他说的是真的。他还把自己所在地铁站的风景拍下来发了出来。每次他分享日常的时候，我们都仔细地将他泄露的个人信息记录下来，目的在于获取能够锁定他的线索。最后我们把手里掌握的相关信息全部交给了警方。

终于，一个我们断定能抓住"rabbit"的决定性线索出现了。"rabbit"在聊天室上传了自己的体检报告，说体检报告上的等级很不好。我们立即密切关注这一情况，并使用了手机录屏功能。由于 Telegram 上进行的对话与 KakaoTalk 不同，是可以马上删除的，因此要做好"rabbit"删除唯一对话证据的准备。

"速报，本人（身体检查）结果是×级。"

"是不是需要复查？"

"只有视力是×级。"

"rabbit"泄露体检报告和医院等信息的聊天室叫"爱卢会——我们的 A 片仓库"。聊天室内的成员有 1500 名左右，其中有 10

[①] "pedo"是"pedophilia（恋童癖）"的缩略语，pedo 视频指儿童色情视频。——编者注

名左右的主要成员与"rabbit"进行了对话。他们还开玩笑说"'rabbit'去看××大学医院的护士了",平白无故地对无关女性进行调侃。

追踪"rabbit"满一周的那天,我们发现了"rabbit"消费和传播以东南亚国家、澳大利亚、俄罗斯等国的儿童为对象的性剥削视频的行为。如果说以前"rabbit"只是大大咧咧不顾暴露身份,积极参与聊天室对话,那么现在他已经显露出本色了。接着,"rabbit"还向成员们介绍了能看英美等国儿童性剥削视频、只有少数人才能进入的国际聊天室。

我们确定"rabbit"为主要加害者后没过几天,"rabbit"又上传了新的儿童性剥削影像。只要确定了个人基本信息,在Telegram聊天室散布未成年人性剥削视频的人也可以被定罪。

"追踪团火花":"通过现在收集的信息还不能抓住'rabbit'吗?"

警察:"这些信息需要通过相关程序进行确认。首先,从××地方兵务厅了解到的情况显示,确实有一部分人的体检结果是X级,只要确定了名单就有希望锁定嫌疑人。目前我们正在启动相关程序。如果'rabbit'说的都是事实的话,应该可以抓住他!"

几天后,"rabbit"从聊天室消失了。他终于被抓起来了!

性剥削加害者们的联合记

抓住"rabbit"仅仅是个开始,其他成员也必须付出应有的代价。与"Watch Man"和"Kelly"等人相比,"rabbit"的所作所为不过是冰山一角。特别是"Kelly",此人对儿童有着病态的迷恋,开设过包括"国内唯一萝莉房实习基地"在内的众多儿童性剥削主题聊天室。他贴出的公告与罪犯孙正宇开设的聊天室"Welcome to Video"(详见附录3 数码性犯罪用语整理)的公告内容相同——"请勿上传成人色情视频"。由于担心遭到举报,"Kelly"强调必须将儿童、青少年性剥削视频进行压缩后再上传。

"Kelly"的行为越来越恶劣。他充满自豪地炫耀着自己得到的儿童、青少年性剥削视频,还上传了自己在东南亚旅游景点拍摄的女童影像。视频中,"Kelly"问女孩"多少钱"。这段影像中有"Kelly"的手和声音,我们把它提供给了警方。

"Kelly"说自己是公务员,还传授了考取九级公务员的"秘诀"。"公务员考试也有暗箱操作哟",他所谓的"秘诀"便是参加残疾人公务员考试。他还让大家推荐别人使用这个"妙招"。后来"Kelly"被警察逮捕,原来他只是一个公务员考试准备生,也就是所谓的"公试生",同时他也是 Telegram 聊天室最积极的使用者。"Kelly"经常把"欢迎萝莉""欢迎反社会、反人伦资料""高中生都无法让我兴奋"这类话挂在嘴边,显示出对儿童色情的变态偏爱。

一些普通成员很快成了资深成员。昵称"金先生"的成员称自己是教会学生部会长,上传了在教会里看到的孩子的背影和躺着的 7 岁女孩露出内衣的照片。如果成员们反应热烈,他就表示"更有动力上传了",非常得意。非法拍摄对他来说就像家常便饭一样。除了"分享路上看到的大妈的背影照","Kelly"还散布过朋友妈妈、教会熟人、中学时老师的照片。

"金先生"可谓 Telegram 内熟人凌辱的鼻祖。只要是女性,不管年龄大小,他都要拍照上传到聊天室。看到这些照片,其他成员也纷纷开始上传熟人的照片。后来"金先生"又建立了名为"阿姨赵××"的聊天室。普通成员正是通过这种方式建立符合自己取向的房间,成为房主。

2019 年 8 月 26 日,一名受害者自杀的消息传来。他们却说"如果是生活在××(特定地区),死了就死了吧""关我什么事",装出跟自己完全没有关系的样子。我们悲痛不已,他们却没有一丝负罪感。如果受害人真的做出了极端的选择该怎么办?我们给警察打去电话说明了情况,但是由于无从查起,警方也无能为力。已经连续几天无法入睡了,直到今天我们才知道,对于某些人的憎恨和厌恶能达到如此惊人的地步……真的恨不得亲手杀死那些加害者。

哥谭房中"Kelly"等人的聊天截图

8月末,"Kelly"消失了。一度十分活跃的"Kelly"消失后,其他成员都问:"'Kelly'去哪儿了?这么不积极?"曾经非常活跃、被称为"热血管理者"的"炸大肠"说,"Kelly"一般不会无故不现身。可能觉察到情况不妙,"炸大肠"解散了自己的聊天室。那时我们已经接到了"Kelly"被逮捕的消息。看到成员们担心"Kelly"被抓的样子,真想告诉他们:"等着吧,你们也快了!"

警方表示会抓紧审讯"Kelly",设法逮捕其他主要加害者,嘱咐我们不要走漏风声。据说,"Kelly"在审讯中极力否认自己有犯罪嫌疑,拒绝陈述犯罪事实。但随着证据逐一浮出水面,他再也无法否认,开始积极协助调查。"Kelly"曾在聊天室中多次强调"假如有一天被警察抓到时的应对方法",即"一开始要无条件不承认,一旦出现板上钉钉的证据,就积极配合警方以减少量刑"。现在他就是这样做的。

知道积极配合警方调查可以获得减刑,"Kelly"忠实地履行了自己以前说过的应对方法。2019年11月,"Kelly"一审被判处有期徒刑一年。Kelly以该判决太重为由提起了上诉,但检方表示,在量刑过程中已经充分考虑了"Kelly"坦白所有罪行的事实,因此驳回上诉。但是随着N号房事件进入公众视野,希望严惩数码性剥削犯罪的舆论呼声日益高涨,检方在二审宣判之前,紧急要求重新审判，并试图通过补充调查变更起诉状。第二天，"Kelly"放弃了上诉，最终被判处有期徒刑一年。

目睹了"Kelly"几个月以来的罪行的我们难以抑制内心的愤怒，竟然只判了一年！这种程度的处罚只能用不痛不痒来形容。在"Kelly"被判刑的当天，我们整理了他所有的犯罪事实，制作了视频，并将其上传到了YouTube①上。很多人和我们一样愤怒，舆论一片沸腾。最终，检方通过补充调查，以散布儿童性剥削视频、未经女性同意拍摄性行为场面等嫌疑，对"Kelly"进行了追加起诉。对追加嫌疑的审判于2020年8月11日进行，但"Kelly"声称检方的证据收集程序不合法，极力宣称自己无罪。

这些人非常清楚，在韩国，对数码性剥削犯罪的处罚极其轻微。N号房等Telegram聊天室便是这种荒唐的判决催生出的产物。

宣称自己绝对不会被抓住的"Watch Man"

2019年9月，"追踪团火花"的报道在新闻通信振兴会的"深度报道"征集活动中获得了优秀奖。Telegram N号房终于露出它的

---

① 此处指YouTube公司的视频分享网站，YouTube公司已于2006年被Google公司收购，成为其子公司。——编者注

真面目了，记者们会蜂拥而至采访我们吧？这样就会有更多的人知道真相了。但是，如果加害者们恼羞成怒，想方设法找我们算账，那样的话怎么办？各种担心让我们的心情有些忐忑。但现实情况是，一切都异常安静，直到"Watch Man"做出反应。我们的报道被登出来的当天，午夜一过，"Watch Man"在聊天室说"有人报道Telegram的事了"，同时上传了一张截图。看到那张内容是我们报道的一部分的截图，我的心不由得一颤。因为，报道上有我们的真实姓名。

也许是没有看到什么大动作，加害者们越来越有恃无恐。在帮助警方调查的过程中，有时会想，我们也不是专职记者，能做的到底还有什么呢？但是，受害者在不断增加，至少要设法阻止这一事态继续变严重。现阶段，搜集证据是我们唯一能做的事。只要看到有助于锁定加害者的对话，我们就立即截图发给警察。调查人手严重不足，加害者的数量却在迅速增加。

9月末的一天，哥谭房的管理者"Watch Man"的"早上好"意外"缺席"了。以往每天早上，"Watch Man"都会在同一时间发出问候。他曾说："如果我早上没有出来说'早上好'，就是我被警察抓住了。"怎么回事？难道终于……我们迫不及待地向警察问询，对方说确认后会告诉我们。第二天，"Watch Man"仍然没有露面。

3天后的10月初，警察打来了电话。我们猜到电话可能和

"Watch Man"有关，赶紧跑出图书馆接了电话。"'Watch Man'被抓了。"听到这个消息，我们高兴极了，在学校图书馆前面又蹦又跳。警察还告诉我们，由于现在正在追查共犯，现阶段一定要严守秘密。再者，假如调查进展外泄，有可能引发二次伤害。尽管形势还十分严峻，但我们的嘴角抑制不住地上扬。

"'Watch Man'终于被抓住了！终于！"

"Watch Man"销声匿迹后，哥谭房的参与者们纷纷猜测说他可能被举报了。一些猜到"Watch Man"被警方抓获的成员先后退出了聊天室，非法拍摄的影像的传播也呈现出减缓的势头。但，这只是暂时的。

熟人凌辱

到了10月份，N号房似乎已经"过气"了。那些人开始寻找新目标，频繁地进行熟人凌辱。有人上传熟人的照片后，被称为"能力者"的人将之与别人的裸体照片合成，聊天室的成员们随之对此进行低俗评论。有人还以受害者为对象写黄文，哗众取宠。诸如此类的熟人凌辱聊天室多达数十个，如教师房、军人房、警察房、大妈房、初高中生房等，光我们去过的熟人凌辱房就超过了10个。

刚开始，我们还觉得因为是合成照片，所以不如性剥削影像恶劣。但是没过多久，我们就意识到自己错了。他们侮辱自己的爱人、朋友、家人和老师，并以此为乐。这里的这些人到底是谁，要是我认识的人怎么办？我还能相信别人吗？

几天后，我们看到学校一个后辈的照片与个人信息一起被上传到了聊天室。我们苦恼着，不知该不该告诉后辈这件事。每次在学校遇到后辈，我们都感到非常内疚，但又实在无法向她开口告知这件事。毕竟以目前掌握的信息，要抓住罪犯还远远不够。就算是在一年后的今天，我们看到后辈时仍然会感到愧疚。

不能眼睁睁地看着受害者不断增加，能救出几个是几个吧。首先，我们在 SNS 上利用标签功能搜索了特定职业群，将上传到熟人凌辱房的照片和通过标签功能找到的照片一一进行对比，找到了受害相对严重的受害者。但找到受害者后，如何将事情告知本人又成了一个难题。通过 SNS 的个人聊天工具，我们简单介绍了自己，并告知了相关事实——您的照片在拥有数千名成员的聊天室里成了性剥削影像。虽然这些话不容易说出口，但必须说。最后，我们问对方有没有比较怀疑的人，并劝她们向警察报警。可是好不容易鼓起勇气向各地方警察局举报的受害者纷纷告诉我们：

"警察局说对 Telegram 犯罪无法发布拘捕令。说抓不到加害者……"

寻找受害者 A

"在加害者没有抓到的情况下，装作不知道这件事会不会更好？告诉受害者只会让她们感到痛苦。要不到此为止吧。"我们很矛盾。但是调查过程中遇到的一位受害者的经历一直让我们耿耿于怀。受害者 A 的照片随时被上传至聊天室，已多达数百张，俨然成为在毫不知情的情况下被扔进超过 700 人参与观看的聊天室的牺牲者。聊天室的管理者称自己是受害者 A 的朋友，多次随意散布 A 的照片和个人信息。

"如果加害者是受害者认识的熟人，会不会更容易顺藤摸瓜？"想到这里，我们决定把这件事告诉受害者。因为受害者的 SNS 账号是非公开账号，所以无法看到其联系方式，但工作单位是公开可见的。于是我们联系了 A 的单位，说我们是她的朋友，拜托她回信。因为担心单位产生不好的传闻，而且犯人有可能就是 A 的同事，所以我们谨慎地隐瞒了自己的身份。

好不容易联系到了 A，我们说明了事情经过，然后把在熟人凌辱房截取的部分合成照片发过去，询问了原版照片曾被上传到哪里。A 十分震惊，因为这些原本都是上传到她的 Instagram[①] 的照片，但她的账号是非公开的，只有少数朋友才能看到。但既然是从

[①] 一款可以免费实现图片及视频在线分享的社交应用软件。——编者注

熟人凌辱房流出的照片，加害者应该就是熟人中的某一个。这一事实让A本能地表现出了抗拒。考虑到数码性剥削犯罪的特性，我们提示，会不会是有人之前在网上看到A的照片后，发出了"关注"申请，然后A点击了"同意对方的关注"。对此，A毫不犹豫地予以了否认。因为只有熟人才能看到她的照片，所以过去几年里其他人在网上不可能看到她的照片。那么基本就可以断定，加害者就是A的熟人。我们建议A到附近的警察局报警，A立即照做了。但是果不其然，得到的答复依然是由于Telegram方不配合调查，所以无法签发拘捕令。

但是A并没有就此放弃。A利用非公开账号只对特定用户公开照片的功能，逐步缩小嫌疑人的范围，进行追查。因为熟人凌辱房里还上传了A十年前的照片，所以A断定，嫌疑人很可能是自己的同学或通过同学认识的男性。首先，A重新修改了照片的公开范围，只允许为数不多的几个人浏览。结果照片上传仅两个多小时就被传到了熟人凌辱房。接着A又重新设置了群组，只对特定组公开新照片，特定组里只有一名用户。然后A又上传了一张照片。结果，这张照片再次出现在熟人凌辱房。原来是你啊，加害者！

现在必须向警方报案了。A不再信任附近的警察局。原因是在锁定加害者之前，报警时警方没有受理案件，而是予以退回。我

> 以这种方式运营……

> 我不知道███的联系方式，所以根据███上的号码打的电话。（流泪）

下午 4:41

> 那个叫███的人是管理者，也是发布███照片的人。

> 通过聊天内容或图片等可以找到犯人吗?

下午 4:42

不能……

重新

好好地

得再看一下

好的谢谢

……

怎样才能

抓住犯人呢?

下午 4:43

> 好……!!!
>
> 可以发我链接吗?
>
> 记者 下午 4:57

> 您是怎么知道我的?
>
> 现在是打算抓捕犯人吗?
>
> 呼…… 下午 4:58

因为我不是受害者,所以即使我报案,和受害者直接报案的处理力度也不太一样。

下午 4:58　所以才直接告诉您这件事的。

> 我要报案! 下午 4:59
>
> 凡是 ■■ 上的 ■■■ 我都进去看过了,然后通过长相查找,才找到 ■■ 的。

下午 4:59　您那边下载 Telegram 了吗?

> 您见过警察了吗?
下午 3:36

没有,还没见到!明天令状下来后说会过来的。
下午 4:04

> 哦哦,好的,我知道了。
下午 4:16

多亏了记者您,事情才能得到处理。(流泪)谢谢您!!!
下午 4:23

因为一直有照片发出来,让人很担心(流泪)这下好了!

> 刚看了一下,现在是非公开了。
下午 4:23

是啊(流泪)非公开是只对有限的几个人公开吗……

非公开可以选择对谁不公开吗?
下午 4:28

> 嗯,这个不太确定,也许是吧(流泪)
下午 4:29

> 记者，今天警察终于抓到他并开始调查了，没收的手机的相册里，除了我的照片还有很多其他合成照片（流泪）说什么学生时代就喜欢我，但是没法表达，所以才这样做。他承认自己散播照片，说会反省。
> 说除了 Telegram 没有别的散播渠道，叫██的那个聊天室里反应比较平淡，自己觉得没意思就都删除了……！
> 因为有东西要盖章，刚刚见了警察！（流泪）据说至少还要两个月才能开庭审判。
>
> 晚上 7:42

> 托您的福，犯人也抓到了，而且避免了二次伤害，实在太感谢了（流泪）
>
> 晚上 7:43

> 还有，您介绍了这么好的警官，案件调查进展非常快！
>
> 晚上 7:44

> 啊那就好（流泪）
> 您也辛苦了!!
> 转达了这么不好的消息，本来还担心会对您的身心造成伤害的，幸好这件事得到了较好的解决，真是万幸啊!!
>
> 晚上 8:16

受害者 A 和我们一起追查加害者

们推荐 A 向江原地方警察厅网络搜查队报警，A 听取了我们的意见。了解了事情的来龙去脉的网络搜查队表示："原则上报案时应该采取就近原则，但由于是在网络中发生的案件，根据受害者的意愿，报案可以不受管辖地限制。"最后警方调查的结果是，A 和我们指认的有嫌疑的那个人就是加害者，他竟然是 A 的中学同学！警方从他的手机中获取了数千张 A 的合成照片和普通照片，并于 2020 年 1 月以违反信息通信网络的利用促进与信息保护等相关法律（损害名誉和传播淫秽物）的嫌疑立案，将相关证据移交给了检方。此人在接受警方调查时表示："我小时候就喜欢 A，只是采取了错误的表达方式。"记得同龄的男孩子欺负女孩子的话，大人通常会说"他是因为喜欢你才欺负你的"。不！欺负绝对不是爱意的表达。这是错误的表达爱意的方式吗？不，这是无可辩驳的性剥削犯罪！

加害者们的追思祭

主要加害者退出 Telegram，隐匿踪迹，聊天室甚至举行过所谓的"追思祭"。2019 年秋天，"Watch Man"消失后，有人专门开设了一个可以发送菊花表情符号的"'Watch Man'追悼室"。

"Watch Man"管理的哥谭房（截至2019年10月1日，共有5080名成员）从几天前就开始出现了"'Watch Man'被警察抓到了""他说去泰国旅行了，为什么总是有人说×××之类的话？"等对话。这种怀念被捕的加害者的"文化"在赵周彬（博士房管理者）、"Jam卡丘"等自诩"首长"的性剥削聊天室管理者被抓获后依然如故。

即使警方已经开始着手调查，可那些人不但不惧怕公共权力，反而将此视为儿戏。他们仿佛是在生活中从未感受过恐惧的一群人。他们到底是吃什么长大的，才能在危险的钢丝上一边行走一边玩乐？

看到舆论之光

2019年11月，新闻通信振兴会打来了电话。

"《韩民族日报》社会部的×××记者问你们的联系方式，好像是为了采访N号房事件，可以把你们的联系方式告诉他吗？"

终于有媒体关注这件事了，真是万幸！记者如此谨慎地询问我们的联系方式，听起来也很值得信赖，我们赶紧提供了自己的联系方式。心想，终于有希望让这个社会提高对数码性剥削犯罪的警惕了。很快记者打来了电话,他说已经看了我们写的报道。当天我们正好与报道 N 号房事件时为我们提供过建议的《国民日报》记者朴前辈约了晚上见面,来到了首尔。由于希望媒体能早一天关注 Telegram 性剥削犯罪,我们不想和《韩民族日报》的记者再推到下一次见面。最后我们决定,见完朴前辈后马上赶去和《韩民族日报》的记者见面。在外面谈论这件事情需要非常小心,但是因为没有很合适的地方,最后我们在汝矣岛站附近的咖啡馆的一个角落里见面了。

面对深夜赶来的记者,我们从哪里开始介绍好呢?从开始卧底调查的 7 月份讲起吗?那样会不会太过冗长?如果最后没能正确地传达我们的意图怎么办?只罗列重要的犯罪事实会好些吗?各种想法一一掠过脑海,如果只按照我们自身对于犯罪事实的轻重的认识进行介绍,会不会错过一些重要的东西?我们踌躇着,不知从何处开口。《韩民族日报》的记者让我们放松心情,不必紧张。于是我们从 7 月份卧底调查的契机开始,逐一对发生的事进行了详细的介绍。

"您看过我们的报道,所以可能知道我们是为了参加新闻通信振兴会的'深度报道'征集活动而开始调查的。在追踪非法拍摄的视频的流通途径时,我们发现了'Watch Man'的博客

AV-SNOOP，并看到了他整理的'N号房观后感'。那时我们还没看到真正的性剥削视频，只是读了相关的观后感就已经毛骨悚然。

"如果那些都是事实，那么不但韩国，整个世界都会为此震惊。我们认为必须立即向社会披露此事，但是仅仅通过大学生的一次采访报道还远远不够。所以，掌握了N号房的具体情况后我们立即向警方报案，现在连续4个月都在协助江原地方警察厅网络搜查队调查该案件。

"现在您看到的便是'Watch Man'管理的哥谭房，里面有超过3000名成员。几个月前，成员一度超过7000名，但是'Watch Man'消失后很多人退出了。"

"'Watch Man'目前已经被警方控制了吗？"

"这个……（虽然当时我们知道"Watch Man"已经被抓了，但因为警方还在追捕共犯，需要保密，所以我们没有说出实情。）我们目前不太清楚警方调查的情况。总之现在这数千名成员都知道N号房的存在，而我们去过的聊天室超过了100个。现在这个咖啡厅里说不定就有知道Telegram聊天室的性剥削犯罪的加害者。但是，不知道是不是真的没有人举报过，在这之前我们从未见到有媒体报道这件事。

"由于新闻通信振兴会是《联合新闻》的股东，原本我们以为

《联合新闻》会进行调查报道。但至今我们还没有收到任何消息，目前打算再等等看。就算我们主动提供信息，是否会有媒体对此感兴趣呢？本来大家就只关注政治问题……另外我们最担心的是媒体用刺激人眼球的字眼对此进行报道。目前，我们正在调查 Telegram 内发生的其他性剥削犯罪。

"我们知道，只要警方还没抓到所有加害者，受害者就会继续遭受痛苦。所以我们最希望看到的就是 N 号房的创建人'GodGod'尽快被绳之以法。'GodGod'是什么人？他便是在 Telegram 建立 1—8 号房后，为躲避警方的追踪，通过文化商品券获取利益，并在 Telegram 的其他聊天室或 Twitter 上销售 N 号房的链接的人。

"'GodGod'的 N 号房里至少有 30 名受害者。他先在 SNS 上寻找那些发布过不雅内容的孩子，谎称自己是警察，然后恫吓对方——'你父母知道你做了这么淫乱的事情吗？''我是警察，我会去学校找你，再给你父母打电话'，如此反复威胁。在此我们想说，请不要怪受害者。

"我们写报道的时候最担心的也是此事会引发二次伤害。受害者在个人社交账号中发布过不雅内容的事实经披露后，势必引发'受害者有罪论'，这样舆论的焦点就会对准受害者，而不是加害者。

"'GodGod'的具体做法是，对受害者们进行一年多的威胁，通过这种叫作'训练'①的做法，受害者的日常生活已经处于完全被摧毁的状态。无论如何，希望您在报道中能合理说明受害者的立场。

　　"如果受害者因为无法忍受性剥削而提出'希望到此为止'，'GodGod'就会告诉她们'只要拍完这个就可以了'。如果受害者按照其指示行动，果真便可以逃离性剥削吗？答案是否定的。因为这时'GodGod'又会说'我会告诉你的父母''我要报警'，再次威胁受害者。

　　"加害者们还知道聊天室里可能有记者或警察。所以在调查之前，要彻底做好账号的保密安全工作。他们可以看到'用户个人信息'。如果忘记将电话号码设为不可见，就有可能暴露您的身份，一定要注意这点。还有，账号名也最好不要使用人名，而是换成其他不相关的东西。"

　　介绍以上内容用了 1 小时 30 分钟左右。因为需要展示的材

---

① 即加害者通过驯服受害者，使性剥削变得容易进行或更隐蔽的行为。所谓的"训练"一般会经历选定受害者——积累信任——满足欲望——使之孤立—发生性关系——胁迫、性剥削等阶段。——《火花手册》第四条

料很多，需要说明的犯罪手法也不一而足。"海螺网[①]被关闭后，数码性剥削犯罪看似消失，实际上隐藏在法律漏洞和调查机关的错误认识等死角地带的加害者们正对儿童、青少年进行着可怕的性剥削，而且因为很多人认为在 Telegram 中秘密活动的加害者是无法抓到的，所以 Telegram 聊天室现在俨然已经成为新的犯罪窝点……"说完这些，我们便就此道别了。由于地铁末班车快到了，我们说得非常仓促，感觉有些遗憾。回家的路上，我们又发了这样一条信息：

真心希望《韩民族日报》的报道能够促进案件的公论化和进一步解决！！明天我们会把整理好的采访资料和 Telegram 聊天室的链接发给您。希望还能再见面。

2019 年 11 月初，《韩民族日报》刊登了关于模仿"GodGod"

[①] 海螺网关闭之前：2015 年 10 月，SNS 上出现了名为"海螺网告发计划"的团体。这是前代表河艺娜（音译）领导的"反对数码型性暴力"（DSO, Digital Sexual Crime Out）运动的前身。
我们对已然成为非法性剥削影像的流通渠道的"海螺网"实行实时监控，掌握了嫌疑人征集男性共犯、对醉酒女性策划强奸等犯罪事实，并向警方举报。随着事件引发舆论关注，警方加快了调查速度。在他们的努力下，拥有 100 万名会员的韩国国内最大的成人网站"海螺网"于 2016 年在运营 17 年后关闭。——《火花手册》第五条

的 N 号房建立博士房的赵周彬的连载报道。在第一次见面一周后，我们再次见到了《韩民族日报》的记者。我们提供了之前去过的聊天室的链接和在调查期间收集的资料。由于担心造成二次伤害，我们对性剥削影像、加害事实以及受害者的脸部等进行了遮挡。

我们非常希望《韩民族日报》的报道会引起巨大的社会反响。心里一直在想，毕竟我们不是报社记者，而是学生，所以写的报道影响力有限。现在《韩民族日报》出手了，这下有希望了，整个社会都会关注这个事件的。但现实是，虽然此事已经被公开报道，但反响并不像我们期待的那样大，相关记者还遭到了严重的人身攻击。Telegram 聊天室里，成员们正在打听报道 N 号房事件的《韩民族日报》的记者的个人信息，还四处煽风点火，说如果有人打探到记者家人的信息，会获得"珍稀"视频或被免费邀请至收费聊天室。

赵周彬（"博士"）还发布了嘲笑《韩民族日报》和调查机关以及媒体舆论的公告。

《公告》最终整理（2019 年 11 月 25 日）

Telegram 混进了不少洪鱼[1]，只有通过验证的人才可以去下面的聊天室。

---

[1] 韩国贬低全罗道地区出身的人的用语。Telegram 聊天室内把说话不合时宜的成员称为"洪鱼"。——编者注

一阶段:"挪亚方舟"房

无论金额多少,只要支付门罗币①即可获得邀请。此为群聊房间。

二阶段:资料房"艺术之夜"

以后"博士"的所有资料都会上传至"艺术之夜",进入这里要支付价值50万韩元的门罗币。

三阶段:超强加密"wickr 房"②

在谷歌市场和应用程序商店下载"×××"聊天工具后告诉我用户名。价格为 150 万韩元。已上传艺人视频及所有资料,而且在实时更新中。

第二个 N 号房

与《韩民族日报》的记者见面几天后,Telegram 聊天室又预告了一起新的性剥削犯罪。一个昵称为"萝莉队长泰范"的用户正在招募"第二个 N 号房的开发者"。他在自己管理的"正式链接,信

---

① 在很难追踪余额及交易明细的比特币或以太币等加密货币中,是一种最能保障匿名性的货币。——编者注
② 赵周彬利用一款叫作 wickr 的军事级防泄密应用程序开设的聊天室,保密性优于 Telegram。——编者注

息共享房"（截至 2019 年 11 月 28 日，共有 6012 名成员）中发布了如下公告：

公告

寻找一起进行奴隶作业的（第二个 N 号房）开发者（GCP[①]，Flask[②]）组员。

私信或在这里报名均可。

我方对开发者的身份绝对保密，保障绝对安全，为开发者提供最高优惠、特别待遇。

作为一个超大型项目，目前已存在包括程序员、网络开发者、黑客、安全专家等人组成的小组。

收益根据成果以门罗币按比例分红。

组员福利：韩国、中国、日本，东方、西方，幼儿、幼儿园生、小学生、高中生、大学生。

只要你们想看，所有资料免费提供。

"您看到这个聊天室的公告了吗？"我们问警察。

"谢谢你们的情报。我们会仔细调查的！"

[①] Google Cloud Platform，谷歌云端平台。——编者注
[②] 一个轻量级的可定制框架，可以用来开发网站。——编者注

048

> ll SKT 🛜　　　　　上午 11:45　　　　　🔋 ⊙ ⌁ 100%

< 690
  聊天　　　　★ 正式链接，信息共享房 ★
              成员 5345 人，237 人在线

置顶消息
公告 寻找一起进行奴隶作业的（第二个 N 号房）开发者

萝莉队长泰范　　11月17日　　　　　一号头目
公告

寻找一起进行奴隶作业的（第二个 N 号房）开发者
（Gcp，Flask）组员。
私信或在这里报名均可。

我方对开发者的身份绝对保密，保障绝对安全，为开
发者提供最高优惠、特别待遇。

作为一个超大型项目，目前已存在包括程序员、网络开
发者、黑客、安全专家等人组成的小组。

收益根据成果以门罗币按比例分红。

组员福利：韩国、中国、日本、东方、西方、幼儿、
幼儿园生、小学生、高中生、大学生。

只要你们想看，所有资料免费提供。

正式链接，信息共享房：t.me/linkshare1231

🖇 发送消息　　　　　　　　　　　　⏲ 🕐 🎤

"萝莉队长泰范"发布的聊天室公告的截图

向警察发送以上信息时,我们还在想,不会又有新的受害者出现吧?《韩民族日报》也报道 Telegram 性剥削事件了,加害者策划后续犯罪的公告也发给了警方,应该不会再有新的受害者出现了吧?

可几天后,我们发现了"第二个 N 号房"计划的 3 名受害者。一个多月来,她们一直遭受着性剥削。加害者们仍隐藏在屏幕后,消费着建立在他人痛苦之上的"让生活滋润的 A 片"。

"萝莉队长泰范"(裴某,19 岁)及其同伙在我们目睹他们的罪行后约一个月被逮捕,切断了受害者影像的进一步传播。加害者们在一审中被判处以下刑罚。我们将继续关注他们在二审中能否获得法定最高刑。

萝莉队长泰范(裴某,19 岁),根据《少年法》法定最高刑,判处有期徒刑 5~10 年。[①]

Somersby(金某,20 岁),判处有期徒刑 8 年。

伤心猫(柳某,20 岁),判处有期徒刑 7 年。

允浩 TM(白某,17 岁),判处有期徒刑 5~9 年。[②]

[①] 因案犯未成年,后期可根据案犯表现调整刑期,故刑期在一个范围内而非具体年数。——译者注

[②] 同上。

"Welcome to Video"用户的新"乐园"

昵称为"太阳"的一名用户管理着多个名称不同的Telegram聊天室。凌晨1点左右，其中名为"干净的房间（截至2019年11月28日，共有404名成员）"的聊天室中，昵称为"Spider"的用户上传了一段主角为看起来还不到10岁的儿童的性剥削视频，但他随即删除了该视频。"Spider"这样做的目的无非是想告诉其他人"我手里有这种视频"，以及故做慷慨——"我允许你们共享，想拿走就快点下载吧"。

起初我们以为这是N号房流出的性剥削视频。但是仔细一看发现，在所有看过的视频中，这次的受害者的年龄似乎最小。上传视频的"Spider"也是一个神秘的未知人物。这个家伙是谁，又是谁让孩子做这种事的？

很快，有关性剥削视频的出处的线索就被我们找到了。

"这是从哪儿弄来的？只自己看，太过分了吧。"

"在哪里可以弄到珍稀视频？"

几个成员好奇视频的出处，有人便做出了回答：

"不是在×××上找的吗？"

"对，不过我觉得○○○[①]更好用。"

[①] ×××和○○○是制作、传播幼童性剥削视频的网站。——编者注

Spider告知出处后表示自己会再上传一次儿童性剥削视频。视频上传后，只要显示有两个人看到了，他就会立即删除视频，试图借此逃避Telegram禁止上传儿童性剥削视频的规定。在暗网[①]最大的社区"Kochan"搜索"×××"网站，得到的结果让人震惊。

×××目前话题数：大约1万个　会员数：约70万2000名。
○○○目前话题数：约1.5万个　会员数：非公开
×××上市时间是今年7月，第一季度会员就突破了70万人。
○○○（会员数）有望超过100万。
国产视频方面，"×××"比"○○○"多得多。

看得出，想看非法拍摄的视频的人很多，受害者更多。另外，受害者的年龄越来越小。在我们无动于衷的时间里，流着眼泪承受痛苦的孩子又会有多少呢？

暗网上的"Welcome to Video"（W2V）是世界上最大的儿童性剥削网站，这里前后约有22万个儿童性剥削视频被发布和兜售。网站上传视频的页面上有"请勿上传成人色情视频"的公告。2015

[①] 暗网是Naver、Daum、谷歌等"明网"（Surface Web）的相对概念。只有使用特殊的网络浏览器才能访问，是私密性极高且不能追踪IP地址的网络领域。由于使用一般的搜索引擎无法找到，在此主要发布通过黑客获得的个人信息、杀人委托、竞争对手的营业秘密等非法信息。——《火花手册》第六条

年7月起，运营"Welcome to Video"的孙正宇依靠践踏人格的儿童性剥削，赚取了超过4亿韩元的收益。他于2018年3月被捕，因涉嫌运营性剥削网站，二审中被判一年零六个月有期徒刑。另外223名"Welcome to Video"的国内用户中，只有42人被起诉。2018年8月，美国联邦检察院以9项嫌疑起诉了孙正宇，2019年4月美国司法部要求引渡孙正宇。

2020年4月，孙正宇的引渡决议通过后，其父在青瓦台国民请愿网站上传了标题为"引渡美国太过分"的请愿书。7月6日，韩国法院表示，为行使司法主权，全面调查国内性剥削视频消费者，"不同意引渡美国"。由于韩国法院的决定，世界最大的儿童性剥削网站运营者孙正宇于2020年7月6日恢复自由之身。

民众对韩国法院的轻判感到愤怒，与此同时也有人对此感到庆幸。他们就是"Welcome to Video"的用户。这些人大多以缓期执行的方式被释放，甚至没有受到任何轻微的处罚。这些表面上看似平凡的参与儿童性剥削的加害者在我们身边如常生活着。那么，"Welcome to Video"的用户后来流入了哪里呢？答案便是Telegram N号房和暗网的×××、○○○等网站。

还没到删除 Telegram 的时候

12月，进入 Telegram 聊天室渐渐成为一种压力。帮助警察调查取证、向媒体提供情报，能做的我们已经都做了。从发现 Telegram N 号房算起，到现在已经过去5个月了，整个韩国社会仍然没有太大反应。虚脱感和无力感包围着我们。为了准备期末考试和就业，调查取证的时间比以前减少了很多。虽然考虑过要不要从手机上删除 Telegram 应用程序，但最终我们没能这样做。

事实上，光是看到 Telegram 的图标就已经很痛苦。在 Telegram 聊天室看到认识的人后更是如此。当一个人无法相信周围任何人的时候，那种心情真是难过。可尽管如此，我们现在还是经常后悔：即使目前看起来再做什么都没用了，但如果一直像第一次调查时那样坚持收集证据，是不是更好？那样对抓捕更多的加害者会有帮助，也许还能多救出一个受害者……

2020年的新年到了。N 号房事件被披露后，SBS[①] 的节目《想知道真相》中打出了"希望了解 Telegram 秘密聊天室 N 号房的人或受害者为我们提供节目线索"的字幕。我们想，对，《想知道真相》是公共频道的节目，影响力应该更大！于是我们马上拨打了电视台的电话，但没有人接。两周内我们共打了7次电话，都没有打通。后来

---

① SBS 是在韩国颇具影响力的电视台。——编者注

我们还发了邮件,也没有收到回复。最后一次打电话,正好是节目编导接的电话。他告诉我们"负责人现在不在,以后再联系您",然后挂断了电话。结果等了一个多月负责人也没跟我们联系。

就在这时,我们看到了MBC①《真实调查》节目组在网上发布的Telegram N号房事件线索征集公告。我们立刻联系了节目组,并与编导约定了见面时间。在采访之前,编导告诉我们:"既然接受了我们的采访,就不要与其他节目组联系了""被采访者过多与其他节目组联系本就违反商业道德"。其实我们希望此事能引发社会的广泛关注,但同时又担心:如果《想知道真相》节目组发来联系的话怎么办?但暂时有意向的节目组只有《真实调查》,所以我们听从编导的建议,接受了采访。

在介绍Telegram N号房事件的同时,为了证明数码性剥削犯罪正逐渐呈现出多样化的特点,我们讲述了帮助熟人凌辱的受害者A抓住加害者的事情。听完这些,节目组询问了A的联系方式和姓名等个人信息。但是A不愿意接受媒体的采访,最终没有接受邀请。去年,《韩民族日报》希望能采访A,在我们征得了A的同意后,报社对其进行了采访。可报道出来以后,主要基调是指责警方办案消极怠慢。

考虑到报道中传递出了"Telegram中的罪犯也能被抓捕"的信

---

① 韩国文化广播公司,本书中指该公司运营的MBC电视台。——编者注

息，我们很欣慰。但是A却表示这样会让警察很难堪，感觉非常抱歉。平复自己受到的伤害已经让A身心疲惫，但她还在为他人考虑。后来A没有再接受媒体的采访。受害者不愿意接受采访，因此我们拒绝了对方询问A的联系方式的要求。

采访接近尾声，节目组PD[①]再次询问能否告知A的联系方式。我们回答说无法告知，PD告诉我们，"如果采访不到受害者，节目可能会无法播出"。采访结束以后，以"希望告知受害者的联系方式"为内容的电话和信息一直让我们深受困扰。了解到这个情况后，A甚至写了一篇长文详细说明了自己拒绝采访的理由，要求我们转交给《真实调查》节目组。A已经明确表示了拒绝采访的意愿，但节目编导仍然没有放弃，一直企图说服我们——"如果无法告知联系方式，透露一下A的工作单位也可以。"

2018年韩国记者协会和女性家族部[②]共同制定的《性暴力性骚扰事件报道认同基准及实践纲要》的"采访时注意事项第2项"明确规定，"事件当事人及家属有权拒绝采访，如当事人已明确表示拒绝，则不应继续要求对方接受采访，给对方造成困扰。对于当事人拒绝接受采访的事实，不应在报道中以否定形式呈现"。MBC《真实调查》节目组明显违背了报道准则。这让梦想成为记者的我

---

① producer 的缩写，指制片人。——编者注
② 韩国国家行政机关之一，负责制定、管理女性政策等。——编者注

们开始对媒体产生怀疑。

在这种情况下，假如我们也删除 Telegram，选择漠视，可能内心会更加不安。受害者的模样一直萦绕在脑海里。因为太矛盾，每天我们的内心都在做着激烈的思想斗争——是删掉，还是不删？就算我们一直卧底取证，然后报警，也不可能解决问题。配合警方调查已经过去几个月了，Telegram 中的性剥削犯罪依然在进行。每天我们都会问自己，这一切什么时候会结束？

要知道，非法拍摄的视频一经流出便会在网络上被无限消费，很难终止传播，短则几天，长则几年。看到视频"××女卫生间非法拍摄"中的画面，我们不禁陷入了"也许我也遭遇过非法拍摄"的恐惧感中。在被暴力充斥的 Telegram 中，我们感到深深的无力。我们也是长期暴露在性剥削照片和视频中的"受害者"。在追踪性剥削犯罪的过程中，受害者的痛苦是我们不敢去细想的。而消除这些肉眼看不见的痛苦的方法只有记录眼前的犯罪现场并为此做证，我们必须这样做。

是谁在给"博士"打钱？

2020 年 × 月（为避免推定受害者，此处不公开详细时间），那一天的凌晨格外漫长。博士房的管理者赵周彬表示，将开设以性剥削为目的的收费聊天室。入场券价格根据性剥削的次数为10万～100万韩元不等，通过加密货币交易所购买。

接着，聊天室上传了一段宣传视频。一位受害者面无表情地依次朗读自己的名字、收费聊天室的宣传语以及赵周彬让她宣读的句子。看过该视频的成员已超过500人。我们不知道聊天室是否已经处于开设状态，收费会员有多少人。问题是赵周彬还公开了受害者的真实姓名、职业和居住地等个人信息。这可怎么办？我们焦急万分。唯一能做的事情就是立刻报警，于是我们马上给警察打去了电话。

赵周彬用昵称为"博士"的账号发出了信息："(受害者)在线凌辱中。"看样子收费聊天室已经开设了。赵周彬鼓动进入收费聊天室的会员们在线调戏并强迫受害者。虽然我们没有进入收费聊天室，但实时参与者超过100人的免费聊天室里，不断在公开受害者的真实姓名和受害内容。一定要抓住这个"博士"赵周彬。但是，只有赵周彬有问题吗？只要抓住赵周彬，受害者的痛苦就会结束吗？

有需求才会有供给，让赵周彬作恶的实际动力是博士房的付费会员们。怎样才能斩草除根？那一夜我们几乎彻夜未眠，耳边似乎传来一个声音："如果受害者做出极端选择，那都是因为我们没能阻止他们。"我们从来没有那么自责过，除了收集证据，我们什么都做不了……

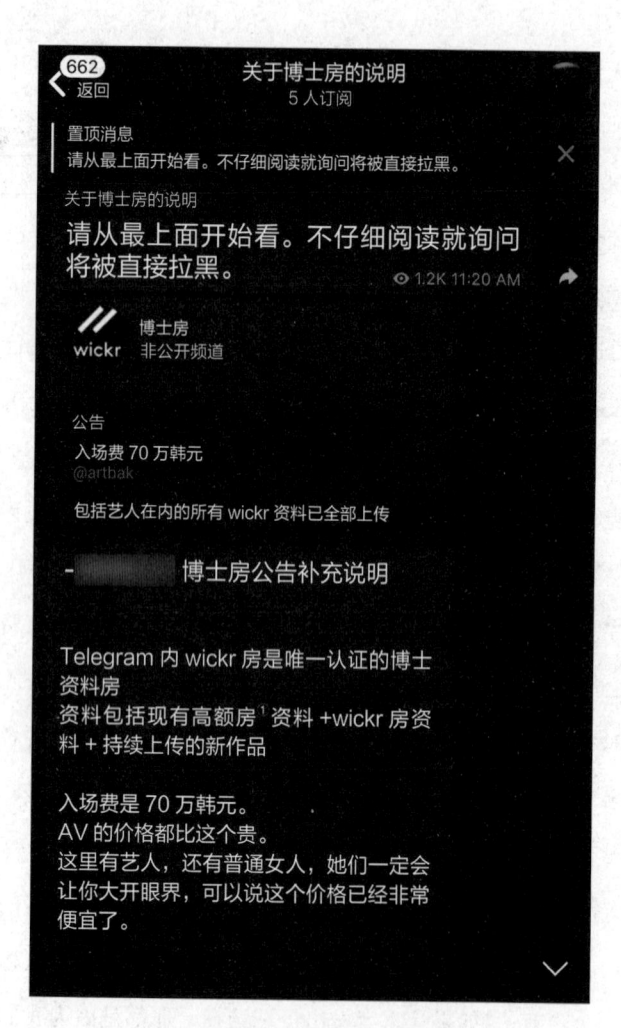

博士房的收费聊天室开设公告截图

---

① 指支付150万韩元的费用后,可以观看女艺人性剥削影像的聊天室。——译者注

失去对国会的信任

2020年2月，Reset在"国会国民同意请愿"留言板上传的"关于解决Telegram中发生的数码性剥削犯罪的请愿"的同意人数突破了10万，达到了国会必须参与受理并对请愿内容进行审查的最低人数限制，成为一号请愿。

超10万人参与的这一请愿是国民对国家漠视数码性剥削犯罪的愤怒的表达。收到国会议长提交的国民请愿后，作为对Reset提交请愿的回应，第20届国会法制司法委员会（以下简称法司委）于3月5日通过了规范Deepfake①技术的利用的《〈性暴力犯罪处罚特例法〉修正案》等4项法案。

但随后法司委便遭到了猛烈的批评，国民认为法司委对根除数码性剥削犯罪的对策还远远不够。当天法司委的大部分出席者甚至分不清N号房事件和Deepfake。某法司委国会议员甚至问："难道自己偷偷看都要被处罚吗？""脑子里的想法不应该受到处罚吧？""一次请愿就可以改写法律吗？"②

---

① 利用人工智能（AI）技术，将希望看到的特定人物的脸部、身体等合成到影像中的视频编辑技术。——编者注
② 摘自2020年3月18日记者沈润智发布在《京乡新闻》（韩国六大全国性韩文日报之一）上的报道，该报道题为《"就当是艺术作品不行吗？"Deepfake制裁法的制定者们竟如此高枕无忧》。——编者注

国会议员的发言已经对 N 号房事件的受害者们造成了二次伤害。他们显然不清楚数码性剥削犯罪的概念。这是暴露国会议员认识水平的惨烈现场。作为法司委的一员，至少应该了解自己参与审查和讨论的案例。立法部曾表示要根除"数码性剥削犯罪"，但现在我们已经失去了对他们的信任。有报道称，那次会议结束后，国会通过了《N 号房防止法》。但是，通过的法律是关于加强对利用 Deepfake 做出非法行为的处罚力度的内容，所以应该更名为"Deepfake 处罚强化法"才对。

N 号房事件（未成年人性剥削）和利用 Deepfake 合成受害者的影像，这两个数码性犯罪的本质都是性剥削，但犯罪形式却完全不同。利用 Deepfake 合成受害者的影像只是我们在 Telegram 上看到的数百种性剥削犯罪中的一种。法司委受到"敷衍了事"的批评并不无辜。因为请愿的主要诉求是让 Telegram 上发生的各种数码性剥削犯罪得到根本解决。可以想象，好不容易才得到 10 万名国民请愿同意的 Reset 以及无数并肩奋战的女性是多么失望。

N 号房追踪记和拘捕"博士"

就在我们内心的火花渐渐熄灭的时候，《国民日报》的朴前辈联系了我们。他建议我们以"追踪团火花"的身份把追踪N号房的过程写成报道。在《国民日报》做实习记者时，我们曾写过报道男性用户占大多数的网络社区的弊端的文章，但请求男性上司帮忙审稿时，我们遭到了拒绝。上司似乎并不认为这类社区有太大问题。后来我们请朴前辈帮忙，最终报道得以发出。对，朴前辈应该可以帮助我们把这个问题付诸公论。和朴前辈见面后，我们用了3个小时详细描述了Telegram中发生的性剥削犯罪。虽然这是必须做的事情，但这对作为讲述者的我们和作为倾听者的朴前辈来说，都无异于一种折磨。

2月末，我们收到了朴前辈发来的信息："目前一般的话题都要为有关新冠病毒的话题让路，其他报道只能延迟发出，因为排不到版面。"除了等待，我们别无他法，但不能就此罢休。我们要给火花加入柴火，让火苗熊熊燃烧起来。于是，我们开始像2019年7月时那样再次在Telegram中卧底调查。

2020年3月9日，《国民日报》终于报道了《N号房追踪记》。我们当时正在忙着准备就业的事情，只能希望国家接过这个火种，解决好相关问题。

3月17日，有报道称Telegram博士房的主要嫌疑人被抓获。看到嫌疑人曾试图自杀的内容后，我们猜测他可能是"博士"。以他一贯的作风，肯定会为了抹去自己的犯罪事实而不择手段。第二天的报道出来后，我们已经明确知道他就是所谓的"博士"。这是期盼已久的事情，可亲眼看到犯人被抓的消息后我们仍然不敢相信自己的眼睛。我们联系了警察，又和《国民日报》《韩民族日报》的记者交流了看法，互相鼓励对方。数月来让我们夜不能寐的"博士"被抓了！终于等来了这个好消息，我们的心里却仍不轻松。在Telegram中，还有很多要检举的加害者，还有很多需要删除的性剥削视频。

3月25日，"博士"赵周彬的个人信息被公开。看着镜头前僵硬地昂着头、一脸傲慢表情的他，我们不由得思绪万千。手持麦克风的记者们反复追问："你会向受害者道歉吗？""你不觉得内疚吗？"赵周彬没有回答。是即使有十张嘴也无话可说，还是根本不认为自己做错了什么？看着一句道歉都没说就登上押送车的赵周彬，我们心里充满了近乎杀意的憎恶和愤怒。受害者们的感受又会如何？我们无从猜测。

"博士"的身份被公开后，Telegram用户开始大规模注销。之后的几个月里，调查机关全力出击，制作和传播性剥削视频的现象有所收敛，但仍有不少人说着"现在管得严了，我们低调点就行"，继续进行熟人凌辱和非法拍摄。这正是在"博士"被抓6个月后的2020年9月，我们仍然无法离开Telegram聊天室的原因。

噼噼啪啪，火花燃烧起来

《国民日报》报道了《N号房追踪记》后，报社收到了很多希望帮助"追踪团火花"的人发来的邮件。自3月17日"博士"被抓的事情被报道后，《N号房追踪记》再次成为舆论的焦点。媒体也开始关注从2019年7月开始卧底采访的两位大学生记者。当时的我们正忙着准备就业，作为最早报道N号房的"追踪团火花"而备受关注，这让我们有些不知所措。当时唯一的感受是，国民已经和我们产生了共鸣，为N号房事件感到愤怒，这下终于有望斩断数码性剥削犯罪的根源了，因此非常激动。

《N号房追踪记》被报道后，首次向"追踪团火花"发出采访邀请的媒体是《媒体今日》[①]。我们以媒体在报道Telegram性剥削事件时需要注意的问题为中心进行了回答。"在如实公开受害事实、表明犯罪严重性的叙述过程中，必须注意用词，避免报道内容引发读者的猎奇心理。所以，报道该案件的受害事实可能会有一定难度。在Telegram N号房相关报道发出后，在不引发二次伤害的前提下，应当积极摸索解决方案，同时持续关注后续处罚。"

"希望记者朋友们多多报道N号房事件。""但是，假如报道内

[①] mediatoday，韩国发行报纸和杂志的媒体，本书中的《媒体今日》指该媒体发行的报纸。——译者注

容过于吸引人眼球,容易引发二次伤害,这一点拜托大家多加注意。"我们向媒体这样呼吁道。但是"博士"被捕后,媒体好像都把注意力放到了加害者身上,似乎都想把他变成恶魔,然后争相报道一段"加害者口供"。对于媒体的这种态度,我们感到非常绝望。受害者的安危完全被抛在了脑后。2020年3月23日,我们决定以"追踪团火花"的名义明确表达自己的立场。

大家好,我们是"追踪团火花"——由两名大学生组成的Telegram数码性剥削犯罪追踪团。

很长时间以来,我们都在持续关注Telegram内发生的数码性剥削犯罪。从去年夏天开始,我们在N号房、熟人凌辱房、博士房等发生数码性剥削犯罪的100多个Telegram聊天室内进行了卧底调查,而且现在也在继续调查。在大约9个月的时间里,我们一直在关注Telegram,对聊天室中比较严重的问题进行了整理汇总,并向警方和媒体举报。

"追踪团火花"是N号房事件的最初报道、举报者,并在2019年9月的新闻通信振兴会的"深层报道"征集活动中获奖。获奖的报道是去年7月到8月一个月的时间里,我们在Telegram的哥谭房及其下设的各个共享非法拍摄的视频的聊天室和N号房内进行卧底调查的报道。2019年9月,新闻通信振兴会的网站登出了我们的报道。调查 Telegram N 号房事件期间，我们意识到事态非常严重，因此 2019 年 7 月中旬，我们就向地方警察厅报了案。同年 11 月，我们向《韩民族日报》提供了新闻线索，2020 年 2 月向 MBC、《国民日报》、SBS 等提供了新闻线索。从 2019 年 7 月开始，我们将收集到的聊天室链接和其他相关证据陆续提供给了媒体。

我们不想固守所谓的"最初报道、举报者"的身份。我们只是为解决问题而做了我们能做的事情。希望我们今后的活动不会受到"最初"二字的限制。我们的核心焦点放在数码性剥削犯罪文化的解体上。Telegram 中发生的性剥削犯罪只是庞大的数码性剥削犯罪文化的冰山一角。

今后，我们还会积极协助媒体采访，揭露 Telegram 内的数码性剥削犯罪事实。同时为受害者提供援助，为防止出现二次伤害而努力。就算是为了我们自己，我们也要不断努力，去建设一个没有女性因数码性剥削犯罪而愤怒和不安的国家。

第二部分

火和丹的故事

> 但,现实中的禁止线岂止一两条。职场性骚扰、经历中断、工资差别、丧偶式育儿,彭斯规则(Pence Rule)……随便列举一下,5个手指头都不够数。还没真正踏入社会,我们仿佛已经看到面前有无数个巨大的空洞。站在学生的立场,光是就业就已经让人身心俱疲,此时又目睹了江原乐园、国民银行、韩亚银行的就业性别歧视,我们陷入了深深的挫败感中。

第 1 章　相遇

火的故事:"那个学姐怎么样?"

丹是和我同系的学姐,虽然我们只差一级,但由于系里人数很多,所以我们之间并不熟。2018 年平昌冬季奥运会上,我们一起做过志愿者。在一个宿舍共同生活了 3 周的时间,按理说应该变得比较亲近,但我和丹仍然只算是认识对方而已。志愿者活动期间我们从没一起吃过饭,不熟也在情理之中。偶尔在走廊上碰到了,两个人就尴尬地点个头算是打招呼。说实话,我对丹有一种距离感。虽然对她的印象并不算差,但也没有产生过好感。每次看到她沉浸于自拍的样子时,我就会想,我们不是一类人啊。

那时我们还不像现在这样亲密。一次朋友说,丹剪短发了。好像是吧,我漫不经心地回答。别人剪什么发型跟我有什么关系呢?但是,偶然看到丹,发现她的样子确实和以前有了很大不同。一度长及胸前的头发现在已经短得无法用发绳扎起来，精心描画的长长的眼睫毛也恢复了原来的样子。丹说不喜欢自己的大腿看起来太粗，所以大冬天也总是坚持穿裙子，可现在她开始穿直筒裤。难怪大家感到惊讶，我也很好奇，丹放弃长发、化妆和裙子的原因是什么呢？

那年夏天，我和丹在一家报社的在线新闻部做实习记者，逐渐走得近了起来。当时的实习记者很多，但得到记者前辈认可的人可谓凤毛麟角。幸运的是，我和丹便属于这部分人。两个月的时间里，我们写出了大量稿件。我们关注一切与性犯罪相关的案件，试图将其全部写成报道。丹的几篇报道主要是关于"Me too"[①]运动和日军慰安妇问题，我的报道则主要围绕非法拍摄问题进行。因为关注点比较相似，我们之间的交流多了起来，自然而然地成了志同道合的朋友。听说我和丹变成了好朋友，一位同学还问过我："那个学姐怎么样？"她并非单纯地想问我感觉丹这个人怎么样，而是想问"丹学姐成为女权主义者之后是不是变得有点奇怪了"。我虽然没有像丹一样成为激进的女权主义者，但也没有讽刺或者嘲笑丹的想法。在我眼里，相比以前能更加理直气壮地表达自己意见的丹更

[①] 女明星艾丽莎·米兰诺（Alyssa Milano）等人于2017年发起的运动，呼吁所有曾遭受性侵犯的女性说出自己的经历，并在社交媒体发文，附上"Me too"标签，以期唤起社会对性侵犯事件的关注。——编者注

酷了。所以我回答:"什么怎么样,大家都差不多啊。"

回到学校,我和丹选了同一门课。那是一门关于撰写报道的课程。我们根据做实习记者时的经历,把有关女性问题的报道做成了课题。教授看到我们的报道,建议我和丹一起参加一个征集活动。活动的一等奖奖金高达 1000 万韩元。教授推荐了这么好的活动,我们没有理由错过,丹和我一拍即合。学期快结束的时候,丹来找我,说放假的时候一起上编码课。"编码?类似于编程那种?"对身为 100% 文科生的我来说,编码无异于天方夜谭。但是,如果学会编码,应该可以写出更有深度的报道。经过反复考虑,我接受了丹的提议。整个暑假,我们每天早上 9 点到下午 6 点都在上课,中间一天都没休息,相当于听了 490 个小时左右的课。

除了睡觉时间,我和丹整天都在一起。与此同时,我也看到了之前不知道的丹的样子。那时的丹敌视一切男性,看到身边经过的男性都要骂几句,看到不修边幅的男性更是愤愤不已。我虽然从没直接对丹说过,但内心有时会想,至于这样吗?

现在回想起来,丹的女权主义好像经历了好几个阶段的变化。其实不仅是丹,谁都会经历这样的过程。丹一直比我领先,她告诉我,要每天思考更多,争取更多,改变更多。随着我们一起度过的时间越来越多,我和丹慢慢拥有了共同的想法和信念,我们讨论了很多,也产生了很多共鸣。一句话,我们成为志同道合的战友了。

丹的故事：我和火有共同语言了！

  火说自己一口气读完了那本书，那是爱读书的朋友关率带来的一本不太厚的女权主义随笔。本来我也想借来看，但是火先出手了！论看书，我知道火的速度要远远胜过自己，于是乖乖缩回了手。火说，本来只是打算睡前翻一翻的，结果书写得实在太好了，她一直看到了凌晨 3 点。我问："真有那么好看吗？"火说"太多东西和我的想法不谋而合"，还说"其实直到'那个时候'，我都没有意识到这是性别歧视的问题"。听了火的回答，我的内心莫名一阵激动——我可以和火一起讨论女权问题了！

  我抑制住内心的喜悦，静下心来倾听火的诉说。她刚刚提到的"那个时候"指的是 2018 年，我们在学校里一起准备新闻考试时的事情。当时有一个关于《82 年生的金智英》的读后感讨论，火好像又回忆起了那时的一些事。她说对当时自己的发言感到羞愧，其实我已经不记得当时她说过什么话了。让我记忆深刻的不是火的发言，而是讨论会上一个男同学的惊人之语。他说："《82 年生的金智英》所写的只是极少数女性遭遇的现实，可这本书让人误以为全韩国的女性都在经历同样的事情，这是对现实的歪曲。这本书和 Faction 电影①差不多，作家在歪曲历史。这样的书只会加剧两性对

---

① 纪实与虚构相结合的电影。——编者注

立。"他看起来相当气愤,而我也毫不客气地反驳了他的观点。火说,我那时拍案而起的样子看起来好凶。老实说,那个时候的我时而以最有智慧的女性自居,无比自负;时而又因社会不公而忧国忧民,悲观不已。为了参与女性解放运动"逃离塑身衣(Escape the Corset)",我剪短了头发。由于期末考试在即,我没有组织集会,但是突然在 Instagram 上传了自己短发的照片,不知火看到后会不会想:"这姐姐到底怎么了?"

"你那时为什么和我做朋友?"在媒体考试班的时候,火冷不丁这样问我,我笑了好久。想来那场讨论不过是一年前的事,火到底经历了什么呢?其实,能和火讨论性别歧视和女权主义,我感到非常高兴,内心也很放松。那时,只要提到女权主义就会遭到周围人的白眼。虽然现在也有很多人反对女权主义,但在当时人们甚至认为女权主义很幼稚可笑。我们似乎越过了一道禁止线,线的另一端是我们不了解的社会的另一面。学习女性运动史后,我们开始用女权主义纪念品参与 meaning out[1],我感觉自己好像变聪明了。

---

[1] 消费者运动之一,指通过消费行为积极表达自己的政治观点、社会理念的做法。参与者经常在 SNS 上使用标签功能分享感兴趣的事情,通过一致发出某种声音来引发社会关注,或在衣服、包上印上有某种特定意义的文字或图案。——编者注

但，现实中的禁止线岂止一两条。职场性骚扰、经历中断[①]、工资差别、丧偶式育儿、彭斯规则（Pence Rule）[②]……随便列举一下，5个手指头都不够数。还没真正踏入社会，我们仿佛已经看到面前有无数个巨大的空洞。站在学生的立场，光是就业就已经让人身心俱疲，此时又目睹了江原乐园、国民银行、韩亚银行的就业性别歧视，我们陷入了深深的挫败感中。

火的故事：我们不一样

我希望朋友和我在一起时能愉快，但这并不容易。我不是那种能让对方感到愉快的人，有时候我的敏感几乎到了古怪的地步。比如，当需要和别人喝同一瓶水时，我不会让嘴碰到瓶口；要踩到床的时候脚上必须穿着袜子；还有，从外面回来后我不会直接到床上去。敏感又挑剔，很难相处，这就是我。我也讨厌这样的自己，但没有办法。如果懂得隐藏表情也行啊，但如果我不高兴，就会马上

[①] 指女性由于分娩、育儿等原因被迫中断工作的情况。——译者注
[②] 美国前副总统迈克·彭斯在2002年接受采访时曾说："除了妻子，我绝不会和其他女人单独吃饭。"有人认为彭斯遵循的是比利·格雷厄姆规则，即基督教信徒不应在妻子不在场的情况下与异性吃饭，避免受到诱惑并与之发展不正当关系。韩国男性认为遵守彭斯规则可以避免性侵女性的争端和诬告。——编者注

表现在脸上，这就不好办了。也许别人想起我的时候，会想到皱起的眉头、噘起的嘴和低沉的声音吧。

为了不显露自己的这种性格，我花了很多心思。即使不舒服，也要装作舒服的样子，装作没事的样子笑笑。只有对丹，我没有掩饰自己的性格，而是完全表露出来。当然一开始不是这样的。丹的一些做法让我不满意时，我曾想过要不要直言不讳，不过最终忍住了。但是作为"追踪团火花"活动期间，我们一直是集体行动，我不可能一直戴着面具。苦恼了一段时间，我终于向丹说出了自己的心声："我不喜欢你这样，希望你以后注意一些。"本以为丹会露出吃惊的表情，没想到她点点头说好，还因为以前的事情对我说了对不起。这一点她和我很不一样。

我是那种受到指责或批评就会立即开始辩解的人，但丹不是。能很快承认自己的行为并道歉，这样的人不是很多。在我看来，这样的人真的了不起。与丹成为朋友已经一年多了，这期间，我们切身感受到了"我们是不同的"这一点。我喜欢小狗，而丹喜欢猫；我有姐姐，丹有弟弟；我的理想型是身形健壮的人，而丹的理想型是娇小可爱的人；我比较有眼力见儿，而丹不是。当然她并不是完全不看别人的眼色，只是和我相比没有那么敏感。还有，我们度过业余时间的方式也不一样，我一定需要独处的时间，但是丹更需要与他人共处的时间。

也许有些人会好奇，既然性格如此不同，怎么可以在一起活动一年多？调查N号房期间，我们拥有一个共同的坚定信念，那就是查明事件真相，帮助受害者。我们一直苦恼着，想知道怎样才能减轻受害者的痛苦，怎样才能使受害者免受二次伤害。反复考虑过后，我们一件一件地做了自己能做和该做的事情。在此期间，我们之间也产生了牢固的纽带感。能给对方提供安慰和支撑的只有丹和我，我们两个人而已。有丹才有今日的我。在那些无比困难、让人想要放弃的瞬间，丹总是告诉我"我们现在做得很棒"，多亏有她，我们才能坚持下来。

丹偶尔会说"幸好有你啊，谢谢你"这类的话，每当这时我都觉得很不好意思。但是，此时我想鼓起勇气，用文字表达我的心声。

因为有你，我很踏实，也充满了力量。谢谢，我……我……我爱你。

丹的故事：火，我们做朋友吧

在我们系，梦想成为记者或PD的人并不多。和我关系好的几个同学也对记者这个职业不感兴趣。我是想当记者才报考这个系的，但来到学校后才发现，和我有共同目标的人很少，所以难免感到孤独。直到后来，我遇到了火。

我们俩都是媒体专业的，但只在一起上过一门课，而且是在临近毕业的时候。快离校时才相识，说来真是奇妙的缘分。除了想当记者，我们还有一个共同点，就是大学时都积极参加了一切可以参与的校外活动。说实话，我没想到自己能和火走这么近。包括在决定一起参加那个奖金多到足以偿还我所有助学贷款的征集活动时，我都没预料到。曾经确实是那样，但现在我们每天几乎每隔5分钟就会联系一次。我们之间可谓无话不谈，哪怕是一些在别人面前很难讲的难为情的话。因为经常在一起，就连我们的想法和说话的语气也变得相似。能把我们称为"我们"这件事真是既不可思议又非常神奇。

当然，我们在成为"追踪团火花"之前，在校外活动时也见过面。大约有一年的时间我们曾在同一个机关做志愿者，其间我看到过火和外国人交流的场景，说实话，她太棒了。我每次见到老外都手足无措，只知道拼命去想自己学过的单词。但是火和加拿大人、美国人对话的时候，看起来是那么优雅、自信，当时我对她的印象就是"英语达人"。

在外面看到的火和在学校里看到的火完全不一样。她是那种即使面对的是个人领域的问题也会站在社会结构的角度去看，并为之努力的人。她的想法应该是，自己和他人在社会结构中是联系在一起的，因此要尽到自己的责任。实习记者每天至少要写5篇以上的报道，这绝非易事，但火历来做得很好。我收集了一下火写过的报道，发现其中有一半是替受害者发声。火的报道细腻周至又不乏厚重。采访和报道经历过非法拍摄、约会暴力、学校暴力的受害者们会不会很痛苦？我很好奇。但随着实习记者生活的结束，自然而然地，我与火也分开了。我们过着各自的生活，直到去年3月，我在学校里再次碰到了火。

听说火也在上数据新闻课，我很高兴。我们去了附近的咖啡厅，聊了近况，不知怎的提到了课上讲过的统计程序，真的太难了，可能跟我俩都是文科生有一定关系吧。但是，数据新闻愈来愈受重视不说，要想进入理想的公司，能够熟练使用Excel是最基本的，除此之外还要懂得编码，所以即使课程很难我们也要咬牙坚持。当时，我的想法是，先考几个对就业有帮助的资格证再说。

两人都在倾诉对未知的未来的苦恼，但奇怪的是心情变得很舒畅。能这样和我聊天的原本只有室友"波妞"，现在又多了火这个朋友。时隔许久才见到我的火没有问起我剪短头发的原因，也不好奇我是否恋爱。她不带任何成见地注视着现在的我，让我非常感激。就是从那天开始，我产生了想和她做好朋友的想法。

数据新闻课每两周要提交一次使用统计程序写出的报道，报道的开头和贯穿整篇报道的问题意识十分重要，好在我们做过实习记者，对此非常熟悉。得益于此，我们整个学期的成绩都很优秀。学期即将结束时，课程进入了实习环节。所有人需要利用文本制作词云（wordcloud）并得出关联词的含义，其他人还在发愁的时候，我已经交出了不错的答卷。自豪地环顾了一下周围，我看到了还在对着程序苦苦思索的火。我把火轻轻地叫到自己的座位上，告诉她如何编码，并展示了我的成果。火连连感叹要——"哇，棒极了，谢谢"，然后回到了座位上。当时，一位得过全系第一的男生过来向我求助，虽然制作数据结果并不难，但为了维护我对火的义气，我以"直接去问教授比较好"为由拒绝了他。也就是说，我只告诉了火如何编码。我感觉火这样下去可不行，于是以一起准备期末考试为理由，把火叫到了咖啡厅，请她喝咖啡。既然听的是同一门课，考试之前这样做只会让自己多一个竞争者，但我还是和火一起开始备考。"火，把这道题背下来，还有那道题肯定也会考"，我这样说着，像一个押题老师。这门课和我关注的领域很吻合，而且备考也做得很彻底，所以我坚信自己能拿到 A+。我想把自己知道的所有知识都教给火。

可能看到我一直在帮她，火和我变得亲近起来。我建议火和我一起申请暑假的国家支援就业项目，然后给她看了相关海报。看到要在学校学习两个月、上几百个小时的编码课的要求后，火考虑了三十分钟,最后欣然采纳了我的建议。一起去递交申请书的路上,火走在了前面。我在心里想,我果然有看人的眼光,我忠实的就业伙伴原来在这里!我还决定暑假和火一起看报纸、学习论述,为进入新闻机构做准备。当时我们谁都没想到,两个月后,我们会看到"手心里的地狱"。

第 2 章　好像哪里不对劲，好像哪里不舒服

火的故事：没有伪装的、真正的我

我们家有两个女儿，我是老幺。爸爸总是说没有儿子陪自己一起去澡堂好可惜，而妈妈一直对爸爸感到抱歉，虽然孩子的性别不是她能指定的。我希望爸爸不要再因为没有儿子而感到失望，同时不希望妈妈总是觉得对不起爸爸。

儿子的作用？小意思，男孩子会做的我也能做到！我很小的时候就喜欢和爸爸一起玩摔跤。上幼儿园的时候，因为把朋友打得流鼻血，被叫来了父母。上小学的时候，和朋友拿着铁锹打架，发生"流血事件"。和父母一起吃饭时，我甚至把整条五花肉塞进嘴里，大口吃肉，不拘小节。看到我的样子，爸爸妈妈总是说："火就应该是个男孩子才对！"

但是，我也不是一直展现出"儿子般的面貌"。如果说在父母

面前我是"像儿子一样的女儿",那么在曾经的男朋友面前我就像温室里的花草。在爸爸面前,我五口就能吃掉一个汉堡,可在男朋友面前却不好意思张大嘴巴,总是细嚼慢咽。每次即使没吃饱,还剩下一大半汉堡,我也会泰然自若地离开座位。而且每吃完一口,我都会擦一下嘴,所以桌上的纸巾几乎都是我用的。我甚至不好意思说要去洗手间,总是说"我去洗一下手"或"我去接个电话"。如果时间稍微久了一点,我生怕对方以为我在上大号,总是急急忙忙地处理完就出来。

展现在爸爸面前的我的样子,是基于"如果是儿子,肯定会这样"的想法做出的夸张行为,因为爸爸喜欢儿子。相反,在男朋友面前扮演连一个汉堡都吃不完的人是出于"女人应该这样"的想法。但是,两者都不是真正的我,而是伪装起来的我。当然,现在我也喜欢大口吃食物,只是并非每次都会当着父母的面一口吃下整条五花肉。以前我是觉得既然父母喜欢,就举止夸张些,尽量表现得很像儿子,就当是尽孝道了。但是现在,我只跟随自己的内心行动。以"追踪团火花"的身份活动以来,我一直努力寻找真正的自己。不是伪装成生龙活虎的"儿子"的我,也不是伪装成端庄淑女的"女友"的我,而是真正的我。与过去不同,现在无论在谁面前,我展现出的都是自己本身的样子,所以丝毫没有穿上了不合身的衣服的尴尬与别扭感。我很舒服,也很幸福。

丹的故事：又要那样吗？

高中二年级新学期的第一节国语课，兼任隔壁班班主任的国语老师问："你们班的班长是谁？"我赶紧举手做了自我介绍。老师说有事要说，让下课后跟他去教务室。我很想和老师们走得近，所以内心不禁有一些激动。

"什么呀，还以为班长成绩会很好，原来不过如此啊。"

我被泼了一盆冷水。

"不过国语成绩还不错，还剩两年，加油吧！"老师捏了捏我的胳膊。

听到"加油吧"，我脱口回答"好"，可不知为什么有些不舒服。整个学期，国语老师都对考全校前五名的副班长照顾有加，任何同学都能一眼看出这种偏爱。那时我才明白，"学习好"是班长的本分。国语老师每次看到我都会搭话，装作很熟的样子问这问那。因为我是班长，已经被国语老师记住，所以我没法表现出讨厌的样子。高二的第一个学期快结束时，朋友当中流传着"胳膊内侧的肉和胸部的触感差不多，所以国语老师才喜欢捏别人的胳膊"的传闻。我很不安。每逢校服裙子变短的季节，我都祈祷不要碰到国语老师。虽然走教务室前面的楼梯很快就能到餐厅，但我总是选择绕路。

最近看到"校园 Me too",我想起了自己的学生时代。假如当时我揭发老师的行为是性骚扰,恐怕也没人会相信。虽然当时不太高兴,但在学校时我从未跟国语老师说过什么,至今心里仍有一个打不开的结。一次见到高中同学,她骂当时的国语老师骂了 18 分钟,说"这也是'校园 Me too'的例子"。感谢勇敢的后辈们。他们做了我们应该做,却谁也没有做,不,是没能做到的事情。我们整个社会应该为此感到羞愧。

"小女孩不会永远长不大的,她们总有一天会长大,然后回来毁掉你的世界。"

美国体操队前队医拉里·纳萨尔在长达 30 年的时间里对 332 名女运动员实施了性侵害,受害者多数是未成年人。这是受害者在法庭上发出的强而有力的控诉。现在,我很想对曾经的国语老师说这句话。

火的故事:"那是爱吗?"

初中二年级的时候,我开始了一段持续 5 年的恋爱。这 5 年的时间里,我们分分合合不下 10 次。他说分手,于是我们分手;他说和好,然后我们又和好。

为了方便起见，就叫他勋吧。勋非常讨厌我穿短裙。平时我在学校都穿校服，但是如果周末在学校外和勋见面，我就会根据他的喜好穿上稍长的连衣裙或裤子。交往一年后，为纪念恋爱1周年，我们约好周末见面。

我早早便开始准备了。离见面还有3个小时我就开始化妆。我尝试着给头发烫了卷，但由于技术欠佳，好几处头发都翘了起来，一点型都没有。没办法，我只好洗了两次头。为了借姐姐刚买不久的连衣裙穿，我从一周前就开始求她，最后终于借到了。出门的时候我还偷穿了姐姐的高跟鞋，担心发出咯噔咯噔的声音，我提起高跟鞋蹑手蹑脚从玄关走了出去。在电梯镜子前面，我左右环顾着镜子里的自己，自认为很完美，于是满怀欣喜地向约会场所走去。走到那个电影院需要10分钟左右，来到电影院门前，我微笑着对勋挥挥手。但是勋的表情非常严肃。他挑着眉毛，看起来好像很生气。只见他大步流星地来到我面前。

"这是干吗？马上回去换身衣服。"

"怎么啦……今天不是我们的1周年吗？我花了很长时间准备的……"

其实我并非没有料到他的反应，但毕竟是恋爱1周年，所以认为"他会原谅我的"。可最后，我拗不过他，只好回到家里。等我换好牛仔裤回来，电影已经开始了。勋问我，刚才我穿连衣裙走在路上的 10 分钟里遇到了几个男人。"什么？我怎么知道那个啊？"勋说真想把那些男人的眼珠子都给挖出来，并强调"我爱你才会这样"。虽然我很生气，也很郁闷，但又想，"他不是说了吗？因为爱我所以才这样的"，其实我不知道，这恰恰就是以爱为名的暴力。那时他 16 岁，我 15 岁。

又过了几个月，我升入初中三年级，勋上了高中。本来以为没有勋，学校生活会很空虚，但事实并非如此，和朋友们一起玩太开心了。初中二年级时，因为正在和勋交往，我不能和班里的同学打成一片，因为如果勋在的话，我就会在意他的目光，不能和其他男孩子说话，但是现在不用顾忌这些了。当然，我并不讨厌勋。我们一次次分手，又一次次和好足以说明这一点。还有，如果那时我没认识男同学的话，我可能一个男性朋友也不会有。

后来我去了勋所在的高中，看到勋和女生们毫无顾忌地打成一片。但如果是我这样，勋肯定会去找那些男生算账。他自己那么随便，我为什么就不行？每次勋和我都因为这个问题吵架。勋说，自己只是和女性朋友一起玩而已，所以没关系，但我不一样，因为除了他，其他男人都是色狼。最后我们互相妥协，约定今后都不和异性朋友玩。我好怀念初中三年级的时候。

从初中三年级到高中三年级，我一直担任班长，勋对此也不满意，理由是不喜欢我和男同学一起参加干部培训。现在回想起来，勋好像只希望女朋友能温柔、顺从。几经分手、和好，最终由于各种原因，我和勋彻底分手了。和勋恋爱后悔吗？答案是"不"。当时，大部分年轻人经历的都是这样的恋爱，恋人之间的性别权利受到关注还是最近的事情。

丹的故事：大人们的提议

我在家门口的一家餐厅做兼职，每周5天，每天6个小时。在那里工作了一个月左右，一天，经理说出了一个令人震惊的提议。现在回想起来，这应该算是一个"不伦"提议吧。

我在那家餐厅主要负责点菜和上菜的工作，店里包括我在内共有12名服务员，除了负责和我相同的工作的同龄女生，其余的服务员都是男性。大家都是从餐厅一开业便一起共事，彼此都很照顾，感觉他们就像我的亲哥哥一样。开业没多久，餐厅的生意就十分火爆，营业时间总是座无虚席。每天端菜端水，接待无礼的客人，身心越发疲惫。幸好有一起工作的朋友和哥哥们的照顾，我才好不容易坚持了下来。但打破这种温暖的工作氛围的总是那些30多岁的大叔，他们就是金经理和黄经理。

"丹，黄经理说你是他喜欢的类型。"

金经理用调皮的语气对我说。我是黄经理喜欢的类型？黄经理都有两个孩子了。我以为金经理又在开玩笑，所以一笑置之。心想，繁忙的午饭时间已过，现在终于可以缓口气了，所以他才这么口无遮拦吧。

"你，要不要做黄经理的办公室妻子？"

办公室妻子？由于第一次听到这种说法，我一脸茫然地反问："什么意思？"金经理没有回答，只是深深地看了我一眼，然后往厨房那边去了。到底是什么意思呢？我有些诧异地回过头去看黄经理，发现他一副皮笑肉不笑的表情。看到他上扬的嘴角和涨红的脸，我匆匆环顾了一下四周。四下里似乎涌动着什么，男服务员们突然来来回回忙碌起来，接受我仓皇视线的只有同龄的那个女生。分明有些事是只有我们不知道的。"怎么回事？"我无声地问她。气氛变得很奇怪，莫名的不安感向我袭来。那天回到家后，我立刻上网搜索"办公室妻子"，相关检索词中出现了"不伦""19禁""外遇"等字眼。

办公室妻子（office wife）：

美国某职业咨询公司 2006 年的一项调查显示，超过 32% 的职场人拥有自己的办公室妻子。(《东亚周刊》2008 年 9 月号)

"office wife"是指在公司里关系较好的同事吗？如果只是单纯地指关系好的同事的话，我也有可以称为"office husband"的同事。紧接着我又搜索了"office husband"，但是，字典中尚未收录这个单词。

办公室妻子，10人中有3人存在……有精神出轨的危险性
已婚上班族偏爱"office wife"是"合作，还是外遇？"
"比配偶还要亲密的同事"……"办公室夫妻"——危险关系，还是积极关系？

通过这些报道的题目和相关检索词，已经可以大致了解那个玩笑的含义。所谓的"office wife"其实就是"外遇的对象"。黄经理当时心里在想什么？我不禁毛骨悚然。看了介绍"精神出轨"的那个报道之后，我的心情变得更加糟糕。是我给黄经理留下过什么可乘之机吗？我仔细回忆了一遍，但一次也没有那样过。他是有妇之夫，而我也有男朋友。快到下班时间时，男朋友经常来餐厅前面接我。虽然非常不快，但我还是尝试着去理解他。虽说是有两个孩子的有妇之夫，心里也会有自己的理想型嘛。不是有很多讲述这类内容的电视剧吗？

黄经理打来了电话。不管怎么说他还是我的上司，所以我不能

不理他。我小心翼翼地接通电话，说："您好，我是丹。"黄经理用轻快的声音说：

"给你打电话是因为工资的事情，你是丹吧？从电话里听你的声音，感觉（声音）真像孩子啊！"

像孩子？把手机锁屏图像设定为自己孩子的照片的人竟然说出这样的话？也不觉得羞耻……黄经理以工资为借口打来电话耍花样，这点我早就看出来了。本应该直截了当地表达自己的不悦，可我下意识地笑着回答了。我无法理解自己。既不搞笑，也不想笑，但我在笑。太气愤了。如果我不是一个小小的服务员，而是社长，会怎么样呢？那样的话经理还敢轻薄我，说什么让我做他的"office wife"之类的话吗？那天晚上，我梦到自己抡起斧头狠狠地砸了餐厅。一个月后，我辞去了这份兼职。

火的故事：学习巴西柔术

什么？有一种武术可以让女人制服男人？

周六我起得稍微晚一些，来到客厅，打开电视，躺在沙发上。用遥控器换了几个台，发现没什么可看的，我开始看手机。"巴西柔术与力量无关，学会后便可一招制敌。无论对手是谁，都可以靠技巧战胜对手。"听到电视里传出的声音,我不由得放下手机转过头去看。

上小学的时候我学过5年左右的合气道①。对有黑带段位的我来说,同年级男生们挥起的拳头简直不值一提,男孩子们都叫我"黑帮大佬",学校里没有哪个男生能用武力欺负我,那时我可以目空一切。但是到了初中,情况发生了变化。上小学时跟我身高还差不多的一个男孩子在上了初中以后,个子开始噌噌地长。以前他每次见到我就说"喂,大佬,我们单挑吧",然后冲过来,而我每次都能打赢他。

上初中以后他也经常向我挑衅。那次我像往常一样出来应战,走近他之后,我发现情况有些不同。他的个子明显比我高出好多,我切身感受到,我们已经不再是小学生了。虽然对方的大块头让我有些许畏惧,但我可是"黑帮大佬"。我在心里想,就算块头大又能怎样?可是,当他踢到我的那一瞬间,我知道自己错了,巨大的疼痛让眼泪在我的眼眶里打转。幸好上课铃响了,老师走进教室,我们自然而然地分开了。回到座位上,我稍稍平复了下心情,然后仔细回忆了一下刚才的事情——我竟然被揍了!向来都是我赢的,我比他力气更大……我很生气,甚至为自己不是男儿身而感到委

---

① 合气道:一种防御反击性武术,不提倡主动攻击,偏向于技巧性控制。——译者注

屈。这是我第一次思考男生和女生的身体差异。

从那以后，我只能接受男女生的身体差异，让一切顺其自然。但是今天才知道，有一种武术叫巴西柔术！它可以让人通过技巧克服身体差异，成功压制对手！这让我不由得眼前一亮。周一，我立即去巴西柔术学院交了学费，买了道服，开始上课。第一次去合气道道场那天的场景还历历在目，巴西柔术课很有意思，大汗淋漓地练完走出来以后，我深吸了一口气，心想，现在我真的能靠自己的力量对付男人了吗？学会了可以保护自己的武术，这让我很安心。以后回家的路上就算有人尾随，我都不怕了。但是，还不能高兴得太早。为什么要靠巴西柔术守护我的安全？为什么要担心有人尾随我？因为现实就是如此。想到这里，心里真是五味杂陈。

2020年5月的"首尔站随机暴行"事件中，一名男子对素不相识的女性大打出手，被害女性眼角撕裂、颧骨骨折。报道中称，该男子对被害女性施暴的原因是"被撞到了肩膀"。被撞到肩膀了？如果撞他肩膀的人是一名健壮的男性，他还会如这般施暴吗？不，即使只是一名普通的成年男性，他也不会这样出手伤人。

2016年5月，30多岁的男性金成民守候在江南站某建筑物的男女公共卫生间，在先后经过的6名男性离开后，金成民用刀刺杀了一名素不相识的女性。这明显是女性厌恶犯罪。可尽管如此，法院仍然称"案件起因不是因为厌恶女性,这是精神分裂症导致的偶发性犯罪"。直接放过男性,只挑选女性杀害,这绝不是偶发性犯罪。

以女性为对象的暴力犯罪正逐渐增多,但法院仍然以加害者的精神疾病为由对他们进行偏袒。"首尔站随机暴行"事件中,施暴的男性的拘捕令被驳回,江南站杀人事件的加害者金成民也因精神疾病而被减刑。

如此攸关女性生死的问题,加害者的拘捕令被驳回,法庭也为其降低了量刑。我们的社会无法保障女性的安全,她们只能在包里装上护身的工具,业余时间还要学习防身术。可就算我学巴西柔术,也不能百分之百地保障自己的安全。如果罪犯持凶器行凶,或者双方力量差距太大,即使会防身术也没有用,那怎么办?还有,在事发突然的情况下,大多数人根本来不及做出反应。预防犯罪不能只靠所有的女性,解决女性厌恶犯罪是全社会的责任。

丹的故事:经历了相同的事情,为什么只有我觉得不舒服?

我看着镜子里的自己。紧身的条纹连衣裙和新买的白色夹克非常搭。裙子是有弹性的棉质面料，穿起来很舒服，而且看起来不刻意，显得很自然，所以我经常穿。3月，正是乍暖还寒的时候，所以我在外面又披上了夹克，夹克不长，正适合配连衣裙穿。最后穿上舒服的运动鞋，满意的运动装就完成了。之所以穿得这么用心，是因为今天要见久违的高中同学，我们拥有学生时代的共同回忆，所以遇到纪念日，不管多忙都会抽出时间见上一面。只要有朋友过生日，我们就会聚到一起，算上我在内，一共是9个人，所以我们一年差不多要见9次面。

  9个人全部聚在一起的日子总是格外让人兴奋。我和其他两个朋友先到了约定地点，正在等其他人过来。由于肚子实在太饿，我们3个决定先进饭店里点些东西吃。这时朋友打来了电话："你们买亮闪闪的气球了吗？"最近流行那种大大的、银色、金色、字母形状的氦气球，这次聚会的主角——过生日的那个朋友——说一定要准备那个。怪不得我今天的妆很快就化完了，原来剩下的时间冥冥中另有安排啊。我们到文具店买了气球，然后唱着《肚子饿》的歌跑去了饭店。

  路上我正和朋友们聊东聊西，突然听到一个陌生的声音。

  "咱们国家的女人真不会穿衣服。"

  "怎么？"

  "看前面。"

前面的话,是在说我和我的朋友?我一向耳朵尖,谁要是骂我,我总是第一时间就能发觉。这分明是在说我和我的朋友。前方两米之内只有我们几个女的,而对方就在我们后面。应该不是说我们的吧,是误会。我的衣服显得很奇怪吗?穿连衣裙时也穿运动鞋会不太合适吗?我最近是不是长胖了……在饭店找到位置坐下后,很长一段时间里我都十分混乱,根本听不见朋友们在说些什么。

朋友们忙着喝酒、拍照,没人对我刚听到的对话感兴趣。"刚才那几个说韩国女人不懂得穿衣服的人真是可笑。"我的声音一出来就被淹没在朋友们的相机快门声中。"我穿什么关他们什么事?"我把声音提高了八度,但得到的回答让我瞬间无语——"丹,你的胸大,穿紧身衣好看,真羡慕。"

才8点,我的手机相册里就多了100多张今天拍的照片。虽然HAPPY BIRTHDAY的缩写"H. B. D"中,"D"字形气球总是掉下来,但是看得出,今天过生日的朋友对自己心心念念的气球派对很满意。看到朋友高兴,我也很欣慰。可是每次对话停顿的间隙,我总是想起那些人的对话。我是来参加生日派对的,见到久违的朋友应该高兴才对,但此刻我真的非常难过。因为心情差,我又想起了去年冬天发生的事情。

那天也是有朋友过生日。晚上8点左右我们一起见面玩了几个小时，坐末班车回家的路上，不愉快的事情发生了。按照惯例，每月的生日派对结束后，我们都会聚在一起拍集体照。从20岁开始，拍集体照已经成为一种习惯。那天我们也在车站前拍集体照，这时一名30多岁的男人突然把手机对准了我们，他的旁边还站着五六个同龄男人。听到快门声，我立刻环视了一下周围，目光和照相的男人相遇。

"您刚才拍我们了吧？"

"没有。"

"我都听到声音了，请把手机相册给我们看一下。"

"我没拍。"

前面说过，我耳朵很尖，走在路上，假如有人议论我，我马上就能听到。争执了几分钟，男人的朋友们都不耐烦了，我再次让他打开相册，他终于同意了。结果我发现了一张我和朋友们的腿的照片。可能当时拍得比较急，画面模糊，但还是明显能看出来是有意这样拍的。我不由得火冒三丈。

"请你把照片删掉。"

最后，我亲眼看着他把照片删了才离开那里。

当我正在追问不明身份的男人是不是未经允许便拍了我们的照片时，其他朋友正往地铁的方向走。也就是说，5个男人围着我和我的一个朋友，其他朋友扔下我们离开了。我感到一阵悲伤。我恨那些率先下去坐地铁的朋友。过了好一会儿，几个朋友看到我表情凝重，问我怎么回事，我才说出刚才发生的事情。

"那个男的拍了我们的照片，你们怎么不管我们就先走了？"

朋友们漫不经心地回答说自己不知道，还说"这个世界变态真多"，便打算跳过这个话题。我一时怔住了。要知道被拍的不只是我一个人，我们所有人都被拍到了。可看到朋友们不以为然的反应，当时我只想快点回家。幸好当时聚会已经结束了。坐在地铁上，我没有加入朋友们的对话，一个人保持着沉默。我都记不起她们聊什么了。

火的故事：日常中的暴力

上初中的时候我和朋友一起做过发传单的兼职。发完最后一捆就可以结束工作回家了，虽然明知这样做被发现的话是不行的，但为了尽快回家，我在公寓里的每户人家的门上都贴了两张甚至三张传单。但不知怎么搞的，这件事还是被发现了。发完传单回到面包车上，负责监督我们的管理人抚摸着我的大腿说这样可不行，要从打工费中扣2000韩元。那时，我只顾着为被扣的2000韩元伤心，都没想到向摸我大腿的他进行抗议。

初中一年级的时候，我也经历过类似的事情。培训会结束后我去洗照片，照相馆的主人问我要（洗好的）照片，说我长得像一个明星。大约 30 分钟的时间里，他一直在抚摸我的脸和头。我非常害怕，但是由于照相馆位于商场二楼的角落，大声喊叫也没用，我也不敢逃跑。我当时还想，如果大声喊，说不定会发生更可怕的事情。我只能静静地坐在那里忍受，那种感觉真的太恐怖了。照片一洗出来我就从照相馆跑出来，跑去了学校。坐在那里听课时，我的眼泪止不住地流了下来。惊讶的老师把我带到院长办公室，听我讲完原委，校方立即给我的父母打了电话。父母向警察报了案，最终，照相馆的主人因猥亵儿童、青少年仅受到停业两周的处罚。几天后，我问父母那个叔叔为什么那么做，得到的回答是"因为他觉得你像他的女儿"。从以前到现在，这套说辞还真是一直没变过。

初中二年级的时候也发生过类似的事情。男生 A 开玩笑时啪地拍了一下我的胸部，之后 A 忙说这是失误，连连道歉。我觉得他可能是真的不小心，所以随便骂了几句，并没把这看得很严重。但是吃午饭时又起风波。另一班的男生 B 对我说："听说 A 摸你的胸了？"听到这话我很气愤，我什么都没回答，直接跑去洗手间，钻进最末那间，呜呜地哭了起来。虽然很想把 A 揍一顿，但就连面对 A 都会让我感觉羞耻。但是，该羞耻的不是我，而是他。

现在回想起来,这不是一件小事,但以前我什么都不懂,只有无奈地忍受,正因如此,一直被息事宁人处理的各种性骚扰之后才会频频发生。高中一年级时我是班长,在培训会的才艺表演环节,我穿了一件较短的连衣裙,和同班的4名同学一起唱了首歌。培训会结束后,我和同班的几名同学围坐在学校门口的便利店前,一边喝着饮料,一边兴高采烈地谈论着会上发生的事情。但是,一起喝饮料的男生这时突然说:"啊,班长穿着在培训会上唱歌时穿的那件衣服倒酒的话,绝对××有味道。"我至今仍清楚地记得他说的每一个字。他转学过来不久,因为出国留学过所以比我们大一岁。作为一个18岁的男生,他对17岁的我们说出了那样的话。瞬间我蒙了,结结巴巴地骂了他几句,但除此之外不知还能做什么。其他朋友也感觉到有问题,但也仅此而已。

刚成年那会儿,一次喝完酒后,我扶着醉酒的朋友站在路边,这时有人从后面抱住了我的腰。我还以为是喝醉的朋友,回头一看,是一个不认识的男人。我吓得尖叫起来,他却咯咯笑着打了个趔趄。我的朋友们全都喝醉了,没人注意到我这里发生了什么。那人又说了一句"我有点醉了,抱歉"。我一点也不觉得这好笑,他却笑个不停。后来朋友们看到后赶紧把那个男人打发走了,并对我说"不要和醉汉混在一起"。几乎一个月的时间,我没睡过一个好觉。对我来说，20岁的第一个月充满了愤怒和委屈。

生活中我虽然多次经历这样的事情，但从未想过这就是蛰伏在韩国社会的强奸文化。我总是认为自己只是遇到了一些坏人，这是偶然发生的事件，是我运气不好。2016年，江南站发生了杀人事件。虽然对此感到愤怒，但生活忙碌，未能继续保护愤怒的火种。社会上到处都形成了以"女性"和"社会弱者"为关键词的舆论。

在与丹一起参加的媒体考试班里也展开过激烈的论辩。惊奇的是，这场争论分为男女两派，可谓泾渭分明。一方认为这是事关生死存亡的问题，并为此深感不安；而另一方认为女生们看到的仅仅是部分男性的行为，说"为什么把我们和那些男性看作一个整体？""为什么把我们视为潜在的加害者？""委屈的不是你们，而是我们，因为加害者另有其人，我们为什么要负责"等等。我没有加入任何一方，只静静地坐着。后来我勉强说："我不愿这样分帮结派地争吵，我成长的过程中好像没有经历过什么歧视。"长这么大说谎话的次数屈指可数，这是其中一次。没有受过歧视吗？闭上眼睛就可以回想起初中、高中、照相馆里、刚满20岁时发生的事情……这些看似没什么大问题实则却不该发生的事情明明在接连发生。

我试图把它们当作"没什么大不了的事"，这样我才能活下去。

下面这些说教我几乎从小听到大：你太敏感了；男生这么做意味着他喜欢你；别计较了，总这么较真不是等于给自己找麻烦吗？对方和你都有各自的生活，就这么忘了吧，这种事谁都经历过……诸如此类。从幼年到成人，如果一直听周围的人这么说，自然会无法正视自己内心的感受和时常袭来的侮辱感。我总是问自己：是我的错吗？这样的提问让内心那些清清楚楚的证据都化为乌有，最终把自己定义为一个敏感的女孩子。然后，我曾经拥有的不安、恐惧、担忧、羞耻心、侮辱感、不快感逐渐淡化，最后终于慢慢沉入水底。

后来又发生了一件事情。周五，因为临近周末，所以我坐公共汽车回老家。从车上下来是晚上 11 点左右，往家走的过程中出现了一条岔路。因为我要去的方向直行就可以，所以站在人行横道前等绿灯。可能因为是晚上，等待的时间似乎格外漫长。于是我朝着旁边的岔路走去。但就在这时，刚刚分明站在我旁边等绿灯的那个男人好像跟上来了。"那个男人也像我这样，突然想改变路线吗？"转过身去的瞬间，男子躲到了旁边的草丛后面。这一切都发生在一瞬间，看到他迅速躲藏的样子，我浑身的汗毛都立起来了，后背直冒冷汗。这个人明显在跟踪我，我却毫无察觉，真是恐怖。我不顾一切地向前跑，奔跑的过程中，口袋里的东西一个个掉了出来，但我顾不上管。跑了一阵子，终于看到灯火通明的便利店了。我跑到最里面，一下子瘫坐在地上。那一瞬间我明白了，曾经认为与我无关的事情如今就发生在我的身边。

此次事件之后,我在 Facebook[①]、Instagram 等社交网站上讲述了自己的经历。但网络上很多男性表示"因为你大晚上出门才会这样"。生活中,男性会经历多少次"好像有人在跟踪我"或"好像有人在窥视我"这种恐怖的事呢?也许大部分男性从未经历过这种事吧。如果是女性呢?答案不言自明。

火的故事:姐姐是对的

上小学的时候,有一次姐姐拿了一个比我还大的玩具熊回来,说是男朋友送的。那么大的玩具熊……我非常羡慕。大概过了两周左右,姐姐突然叫我:"喂,骄胖(骄傲的胖子的缩略语,姐姐经常这样叫我),来我的房间一下。"又想让我跑什么腿?我不情愿地用脚踢开姐姐的房门问:"什么事?"

"你是不是想要这个玩具熊?拿走吧!"

"真的?真的给我吗?你不要了?为什么?"

"因为我们分手了。"

[①] 又称"脸书",是美国一家照片分享站点公司运营的社交网站。——编者注

"咦，为什么分手？为什么和给你玩具熊的哥哥分手？"

"他总是干涉我的穿着，不让我穿短的衣服。他凭什么管我穿衣服？"

当时我心想，男朋友不都这样吗，为什么因为这个分手呢？不过，总算得到自己一直想要的玩具熊了，我高兴得不得了，生生把"姐姐也太强势了"的话咽了回去。回到房间里，我抱着那个粉红色的玩具熊，被喜悦包围。"熊熊，你来我这里来对了！姐姐这个人好奇怪啊，是不是？"那天一整天，姐姐说什么我都乖乖听着。

前不久整理冬天的衣服时，我把夏天的衣服都拿了出来，彻底打扫了一下衣柜。看到衣柜深处粉色的毛绒里衬，我又依稀记起了自己刚得到粉色玩具熊时的事情。当时我为什么会觉得姐姐很强势呢？想起远方的姐姐，我给她打了个电话，上次打电话是一个月之前的事了。"姐，还记得当时的事情吗？姐姐给了我一个玩具熊。当时你为什么不喜欢那个哥哥了？"已经是10多年前的事了，姐姐似乎已经没有什么印象了。经过我反复解释，藏在姐姐脑海深处的记忆终于被唤醒了。

"我又不是男朋友的私人财产，为什么要听他的话？"

其实不用刻意去问，我也完全可以猜到各种原因，但通过姐姐的嘴说出来，我感觉很畅快。上初中时，我听勋的话，回家换了衣服。姐姐虽然和我年龄相仿，但行动完全不一样。因为不能穿自己想穿的衣服，姐姐选择了分手。从前我对父母言听计从，只要是父母说的话，我都认为是正确的。相反，即使父母说某件衣服不好看，一个劲批评，姐姐也不会改变自己的想法，照旧会穿自己认为漂亮的衣服。

姐姐是对的。父母说的"女人如果穿裙子就会成为男人的目标，穿衣服一定要小心一些"这句话，最终等于把犯罪的责任推到了女人这边。姐姐从小就会说："这样穿并不代表我有错！把我当作目标的那些家伙才有错！"

"即使父母责备我，我也要穿自己想穿的衣服，所以现在爸爸妈妈的想法也改变了很多。你感谢我吧。"

姐姐就是这样自以为是，让人扫兴。不过，她不被别人的话所左右，自己随心而活的样子还是让人觉得很酷。

丹的故事：妈妈和紫菜包饭

妈妈喝醉酒回家了。醉醺醺的妈妈走到餐桌边，生气地说："紫菜包饭怎么还这么放着？"餐桌上放着妈妈早上做好的紫菜包饭。"就这么放坏的话打算扔掉是吧？"妈妈的声音提高了八度。

妈妈拿起盘子说要扔掉紫菜包饭，然后打开了食物垃圾桶，我赶紧说自己会放好的，从妈妈手中把盘子抢了下来。就在这时，伴随着钝重的"啪"的一声，一个又冷又硬的东西猛地砸到了我的脖子上。打到我的脖子后落地的竟然是刚从冰箱里拿出来的"紫菜包饭用"火腿。火腿的粗细跟我的脖子差不多，用这么重的东西扔我的竟然是妈妈，我惊呆了。

妈妈回家之前，我坐在餐桌边吃紫菜包饭。吃了一会儿肚子饱了，心想等会儿把剩下的装碗里放进冰箱，然后就躺在沙发上看手机，这时妈妈进来了。"我不是放着紫菜包饭不管，是妈妈误会我了！"被打中的地方火辣辣地疼起来，我回屋锁上了房门。我不想看到妈妈。怎么能用那么重的东西扔我……我甚至想要不要离家出走。好伤心。她都不知道我吃紫菜包饭吃得多香。

我上高中后，妈妈就跟我说她想辞职去旅行。她还说，等我们都长大了，找到工作结婚后，她就干脆辞职休息。我感到非常内疚，觉得都是自己让妈妈那么辛苦。所以我承诺："我会尽快找到工作，然后就让妈妈去旅行。"妈妈对此嗤之以鼻，说那种光用嘴说说的就算了，想尽孝心就多叠叠衣服、洗洗碗吧。

我出生后妈妈一次都没好好休息过，后来她辞掉了工作。在她打零工的第二个月，发生了上面说的"紫菜包饭事件"。妈妈和我都在准备就业，妈妈还要担任家庭主妇的角色。那天我说想吃紫菜包饭，于是妈妈一大早就买了做紫菜包饭用的材料，切菜，炒熟，调味，卷起来，切片。早上7点开始做，11点才做完，做紫菜包饭真的太费时间了。为了够全家人吃，她做了很多才出去工作，然后下班回到家后，看到了放在餐桌上的紫菜包饭。啊对了，这几天食物垃圾桶里装的都是妈妈做的菜。想到这里，我不恨妈妈了。

"妈妈，今天的辣炒猪肉太好吃了，还有，我已经把碗洗好了！"

从那天以后，家里再也没有发生过扔掉饭菜的事情。隔夜的饭菜我都会吃掉或放进冰箱保存。即使有几次饭菜没有吃完，妈妈也没有再发火。

火的故事：妈妈的工作是"外面的事"加"家里的事"

我的爸爸是公司职员，妈妈是学校老师。很多人觉得学校老师可以教自己的孩子学习，多好啊！但事实并非如此。印象里每次家长参观授课，朋友们的妈妈就会在教室后面看自己的孩子上课，可我的妈妈总是缺席，我不知有多失望……隐约记得每次接到家长参观授课的通知，我就会向妈妈抱怨："不在学校里当老师不行吗？"

由于学校老师这一职业的特殊性，妈妈几乎每5年就要换一次学校。从家到爸爸的单位开车不到10分钟，但妈妈20年来每天平均要往返一个小时。因此，我们家最忙的人是妈妈。虽然很累，但妈妈还是每天早起给我们做饭，这种状态一直持续到我考上大学，一天都没有中断过。因为当时我们和奶奶一起生活，所以不能吃麦片之类的简单的早餐，妈妈必须先做早饭，再去上班。她每天早上匆忙出门的情景至今仍历历在目。

每天妈妈下班后，来不及换衣服就要忙着准备晚饭。需要看着学生夜间自习或因学校的事情不能回家做晚饭时，妈妈就给家里打电话，"要好好吃饭啊"，声音里充满了歉疚。而我一直认为，妈妈这样是理所当然的。

如果说爸爸的工作是"外面的事"，那妈妈的工作就是"外面的事"加上"家里的事"。如果按照社会规定的性别分工，妈妈的本业应该是做家务，副业才是做老师。但是对妈妈来说，做老师绝对不是副业，而是让她带着使命感和自豪感去献身的本业。虽然有时她说"妈妈因为当老师，不能好好照顾我们家人，怎么办呢"，脸上也露出担忧的表情。但现在我的想法是，比起照顾我们，妈妈更应该照顾的是自己。

"又要上班,还要侍奉婆婆,是不是很辛苦?"

经常有人这样问妈妈。虽然妈妈总是说"没什么",做出不介意的样子,但她该有多累啊。小时候以为妈妈说的是真的,但现在回想起来才知道,为了不失去自己的生活,妈妈付出了多少辛苦。好心疼。

第 3 章　发出自己的声音

火的故事：只有我觉得这是重要的问题吗？

我被称为"竞赛杀手"，只要有比赛我就会参加。不仅校内，我还经常参加校外组织的各种大赛。2019年夏天，我忙着准备各种比赛。除了新闻通信振兴会的"深度报道"征集活动，我还参与体现学生"挑战精神"的其他征集活动。与需要花费一个月的时间进行调查采访的"深度报道"征集活动不同，这项活动只需要提交自我介绍书即可。由于两个比赛的截止时间紧挨着，我苦恼到底该选择哪一个，幸运的是后者只要写自我介绍书就可以，因此没有带来太大负担。要知道，这两个比赛都设置了丰厚的奖金，放弃的话就太可惜了。

我把参加学生会、海外志愿服务、国土大长征、海外研修、冬季奥运会志愿服务等一系列我做过的、具有"挑战精神"的事写进了自我介绍，书面材料显得非常充实、完整。两个月后，我接到了通过材料审核的通知。面试竞争率是 2∶1，胜算还是比较大的。面试当天，我穿戴整齐，迈着自信的步伐走进了面试现场。推门进去以后，两名面试官问我："你怎么会参加这么多活动？我们有很多问题想问，快坐下吧！"瞬间，直觉告诉我："嗯，这次应该可以。"

在最后一个问题出现之前，面试的气氛都非常融洽。面试官问我，最关心的社会问题是什么。于是我谈了有关 telegram 性剥削和非法拍摄的问题。我说我一直在调查这些事，而且这些问题已经持续了很长时间，但完全没有得到解决，确实是重要的社会问题。我还就政府、检察机关和媒体应该树立怎样的问题意识，以及今后的发展方向谈了自己的观点。但说了很久，当我突然把目光投向面试官时，我发现他们的眼神里写满了不赞同。

他们又问，除了这些问题，还有什么社会需要关注的问题。刚才我说了那么多，他们似乎完全不明就里。"啊？这不就是必须马上解决的重要的社会问题吗？"我再次说明了事件的严重性。同时想，既然是大型比赛的面试官，必然在某种程度上是有分量的人，如果公开这个事件的真实情况，说不定会对解决问题有所帮助。但是，这不过是我天真的幻想。他们只是将此视为个人问题，而不是社会问题。

面试结束后我走了出来，一阵虚脱感袭来。整个韩国社会中都隐藏着一种强奸文化，而且现实是，我们的社会对待这种强奸文化等闲视之。他们不认为这是痼疾，似乎更倾向于认为这是"微小的偶发事件"。为什么只有我，为什么只有女性感到问题严重？

一个月后，我收到了通知我查收面试结果的短信。我迅速打开笔记本电脑，登录了相关网站。虽然没抱太大希望，但心里还是有些许幻想——说不定呢？可是，我果然没有看到自己的名字。这是意料中的事，没有太大失望。虽然不出所料地在面试中落选了，但是，今后应该如何证明非法拍摄这一社会问题的严重性？我久久思索着。

丹的故事：特别的一天经常来临

来到大学后，我切身感受到了"因为我是女孩子，才会发生这样的事"这一点。无论是身体方面还是精神方面，都让我深切感受到了所谓的性别歧视。愤怒、委屈、挫折、压力、热爱……各种感情在我的内心交织。

刚入学那阵参加过系里的 MT①，一次我和学姐们在住处玩纸牌游戏，一个学姐（现在已经没有联系了）说我是"男相"。她说我的下巴棱角分明，而且是单眼皮，是一副男人的长相，建议我通过化妆改变一下。我不讨厌那个学姐，我讨厌自己的脸。我去嫁接了睫毛，假睫毛使眼皮上提，这样眼睛看起来似乎大了一倍。大二之前一直跟我关系很好的一位男同学说："你现在终于像个女人了。"这算是夸奖吗？那么到底什么是"像个女人"，什么又是"不像女人"？我有 5 个关系很好的女同学，经常听到男同学对我们几个说"你们在咱们系是皮肤最好的，这一点我们承认"，而且每次一起喝酒他们都会说这样的话。知道我们为什么看起来皮肤好吗？在和男同学们进行集体活动之前，我们总是先去朋友的寝室一起敷面膜。有一次，一个女生没化妆就去了教室，结果有男同学问她："你怎么把脸落在家里了？"真是令人既难过，又感到无语。

作为通讯社实习记者上班的第一天，性别似乎代表了我的全部。部长用漫不经心的口吻说："这次又来了两个女孩子啊。"在素来以工作强度高而著称的仁川机场美食街打工时，我仅用了一周时间就适应了那里的节奏，但在那次的实习生活中，直到最后一天我都如坐针毡般痛苦。一次，我去警察局办事，一位警察向我丢了个

---

① 即 Membership Training，是大学生通过集体旅行增进同学关系的活动。——译者注

眼色，然后说："各位女士，要不要给你们介绍一下旁边的这位记者'小伙'？你们相差不到10岁。"实习结束那天，上司请吃饭。第二轮的时候，大家去了一个啤酒屋继续喝酒，这时一位男记者对新来的记者说的话让我至今难忘："你跟女朋友交往的时间不短呢！妊娠攻击①，然后结婚吧！"我以为自己听错了。在回家的出租车里，我问朋友有没有听到过"妊娠攻击"这个词，朋友默默地点了点头。

休学之前，我担任过对外活动组组长。那次在课上展示完准备了一个学期的成果，大家一起去了KTV，其中有10名男学生、6名女学生，还有1名男性指导教授。轮到我唱歌了，我出来唱了一首歌。这时指导教授来到我身边，说了句："你们不觉得丹可爱死了吗？"男同学们都惊呆了，忙把我叫回到座位上。KTV里很暗，我内心非常害怕，真希望那里能再亮一些，还希望同学们能替我挡住教授。

在学校前面的酒吧打工时也发生过类似的事情。这家店生意一般，就算是在开课/结课聚会、运动会、学术节的日子，客人也不多。因此，一般我会和男店主聊聊天，偶尔也会品尝一下他开发的新菜品。整个学期我都在那家店打工，我很尊重店主，理所当然，

---

① 由"人身攻击"衍生出的新词，意为通过让女方未婚先孕，对其施加压力，以达到让女方和自己结婚的目的。——译者注

我认为店主也同样会尊重我。那天像往常一样，店里冷冷清清的。因为没什么客人，店主坐在厨房里，我则守在厨房前面的收银台前。这时厨房那边传来了相机快门的声音，我下意识回头一看，店主的手机正对着我，我一下慌了。看到我惊慌的表情，他给我看了他的手机。手机相册里俨然是一张我的照片，那天的我身穿长牛仔裤和带帽子的上衣。如果那天我穿的是和男朋友约会时穿的裙子，或露出肚脐和腰的上衣，会怎么样呢？如果拍到的是我裸露的身体部位呢？

曾经有一次，我和男朋友说好了可以看对方的手机。那段时间正是大学聊天室里各种低级无下限的对话横行、非法拍摄的视频肆意传播等问题被曝光的时期。虽然我相信自己的男朋友，但说实话心里还是有一些不放心，只有亲眼确认以后，才能消除那种不安的感觉。在一个聊天室，我看到了男生们调侃一个比他们矮几级的女生的对话。他们传着看了那个女生的照片，然后开始各种调侃——"因为她我学分都拿不到了"。还有人上传了一张从背后偷拍的腿部的照片，然后嘲笑女生的身材。当这些人嬉皮笑脸地打成一片的时候，另一位男生说："怎么能把别人的照片上传到聊天室，还嘲笑别人呢？"这种指责天经地义，可惜能站出来这样说的人只有那一个男生。他还批评那些人道："人前不能说的话，背后也不要说。"这样，那些不堪的对话才没有再继续下去。

我参加过第三次谴责"非法拍摄偏袒调查"的示威。我们振臂高呼，要求让"国产色情视频"大行其道的网盘联盟解散。但随后，我们不得不开始担忧一个问题："示威结束后，该怎么回家呢？"根据约定，示威者都穿了红色的衣服，但大家很可能因此遭遇不测。担心超过一个小时的回家路途中会发生不好的事情，我的心脏紧缩成一团。那天，一位 YouTube 博主未经允许，擅自拍摄了一位参加示威的女性，还冷嘲热讽。在一家炸鸡店，一名男性肆意辱骂示威者，还有人说这是过激示威。不知道的人还以为示威者扔石头或者放火了呢。真正过激的一方是示威者，还是用不满意的眼神看着我们的那些人？

剪了短发几天后，一起做小组作业的男同学一见到我就皱起了眉头，还说"像个男人一样，好好的剪什么头发"。我只是剪短了自己的头发，真不明白他有什么不高兴的。他继续刨根问底地追问我为什么把头发剪了，我回答"不为什么"。他又劝我重新留头发，不，与其说是劝，不如说是要求。那时我光是准备小组作业就够忙了，实在不想为这种琐碎的小事浪费时间，但是心情已经受到影响了。大学期间，诸如此类的事情一直干扰着我的日常生活。每当这时，我都会梳理自己当时的感受，反复回忆，然后生气。最后在书中和媒体中，我找到了表达自己感情的语言。我的心中翻滚着无数的话语，必须将它们表达出来。短则一句话，长则二十几句，我把自己的想法整理下来上传到 SNS 上。不知不觉间，我已成为一名激进的女权主义者。

丹的故事：日常中的憎恶

学生总会最努力为同学们策划的活动当数学校庆典。庆典这一盛宴上有社团比赛、开酒家、歌唱比赛等各种活动，最最吸引大家关注的就是邀请歌手的演出了。受邀歌手的名单一般会在学生总会的 SNS 账号上公开。常有人回帖说，如果能看到顶流歌手，交再多学费也值得了。跟我一起合租房子的室友"波妞"看到受邀歌手的名单就立即和我说了。周二是 A 和 B，周三是 C，都是我不认识或不感兴趣的歌手。

通常庆典在第二天（周三）最热闹，所以第三天（周四）邀请的一般是知名度相对较低的歌手，这次似乎也是这样。其实不管谁来，和我都没有什么关系。我周五没有课，所以打算上完周四的最后一节课就马上回家休息。第二天没有课，前一天晚上待在学校也太可惜了。就在这时，"波妞"开始读受邀歌手的名单。什么呀，这次一个认识的都没有，周四来的歌手是"金某某和纪某某"，两个都是我不认识的嘻哈歌手，虽然名字好像在哪儿听过……可能

*Show Me The Money*①中出现过吧。不管怎样，他们对我而言并不重要，我心想，可以毫无留恋地回家了。

朋友和我抱怨说学校庆典时从来不请当红偶像，还说："如果请××的话，我肯定会去看的"。"我最近很喜欢 OH MY GIRL（韩国人气女团组合之一）……""啊，我是 Red Velvet（红色天鹅绒组合）。不不不，如果能请到 IU（韩国人气歌手李知恩）该有多好啊。"我们两人正异想天开地聊着，"女权主义小分队"的群通知响了。

"各位，据说学校庆典上金某某会来。我在 everytime（全国大学社区及时间表服务网站）上传了反对的文章，也认真地回复了评论，但是有很多人为金某某辩护，真的很让我气愤。"

金某某？奇怪。怎么这个名字从刚才开始就听着有些耳熟？于是我在网上搜索了他的名字。

"厌恶他人也能成为 Swag②？"Hiphop（嘻哈）歌手金某某的厌女歌词引众怒

"强奸所有厌恶男性的××"因为是 Hiphop，所以写这种歌词也没关系吗？

---

① 韩国 Hiphop 歌手淘汰制节目。——编者注
② 网络流行词，形容一种有自信、有风格的状态，是 Hiphop 圈常见的用来夸一个人很酷很厉害的词。——译者注

歌唱歧视的 rapper，你们不懂真正的嘻哈

一个月以前，这位嘻哈歌手由于歌词内容涉及性别歧视引起非议。他在 3 月末发行的歌的歌词本身就很恐怖，其中的"强奸所有厌恶男性的××"简直惊耳骇目，这是针对已关闭的女性网络空间"megallia"（意为厌男）公开宣扬性暴力。同一天，我看到了"某大学聊天室非法拍摄／性骚扰事件"的报道，内心深感无力。

歌词中写到要强奸金某某厌恶的对象，大众会作何感想呢？我想起了"像在妇产科一样都张开腿吧""不同意的话，打也要打成我的。Baby 今天你不做我的女人就要变残×"等宣传性暴力、贬低女性的歌词在嘻哈界引起争议的事情。我还想起了"强奸文化"这个词。也许金某某会觉得委屈，因为指责的矛头只指向他，可写出这种问题歌词的不是金某某本人，而是郑某。

金某某用前辈郑某给的歌词唱了 Rap，身边的其他 Rapper 为歌曲做宣传，音源网站收录了该歌曲。就这样，歌曲平安落地，与大众见面。歌曲在网民之间引起争议后，媒体开始关注此事。几天后，这首歌从音源网站下线。相关人士就歌词的过激内容进行了道歉，但未对表现出"女性厌恶"进行道歉。他们只说，对写出过激的歌词表示歉意。3 周后，我们学校总学生会邀请金某某参加学校庆典。

距离金某某站到学校的舞台上还剩下一周的时间,我们不想把舞台交给丝毫不反省自己犯下的错误的人。必须想办法阻止他受邀参加演出。那可是歌唱歧视和女性厌恶的歌手!难道我们真的要花几百万去听这种问题歌曲吗?我已经开始讨厌那些打算去看演出的同学了。对于相关歌手被邀请一事,有同学留言称"歌曲只是歌曲",去看演出的人似乎都这么认为。但是我不能同意这种观点。难道说,在Hiphop中就可以明目张胆地提到"强奸"这个词?现实中毕竟有受害者存在,把性暴力当作游戏随便说是不对的。

我在学校论坛上传了有关金某某歌词争议的报道,大家的反应非常热烈,与其他帖子相比,这篇帖子的点击率明显高得多。我将论坛内的反对意见制作成PDF文件,用电子邮件发送给了学生总会。但是,得到的回答的只是"离庆典没剩多少时间了,已经无法取消演出"。

通过学校论坛,我们一共收到了139份反对签名。为了让学生总会重视大家的意见,我拜托大家都用了实名签名。我曾多次发邮件给学生总会,表示希望见面进行讨论,但邮件一直显示未读。没办法,我只好拿着资料直接去了学生总会室。

离庆典只剩下一周时,我见到了学生总会会长、学生总会副会长、庆典策划委员长。我给他们看了139名同学的反对签名资料(遮住了个人信息,只能看到所属学院)。我对学生总会重视同学们的意见并最终毁约并没抱什么希望，由于情况紧急，问卷调查本身做得也比较仓促。只是觉得既然反对的同学这么多，学生总会最好采取一定的应对措施。

"现在这个时期竟然邀请这样的歌手……"

"既然学生总会的口号是与大家进行沟通，那么在邀请引发争议的歌手之前，至少应该听取一下同学们的意见吧……"

"我反对！"

同学们的意见很统一。见此情况，学生总会会长说要给金某的所属公司打电话，看是否可以取消邀请，然后出去了。10分钟后，他回来了，坐在那里看起来有些不知所措。看样子事情有些棘手。

"可以让他不要唱问题歌曲吗？"

不知为何我感到有些抱歉，于是提出了折中方案。虽然很想坚持同学们的宝贵意见，但看到坐在我面前的学生总会会长的表情，我忍不住心软了。

"因为活动在即，所以很难取消邀请。但是我们会要求一定不要唱有问题的歌曲。没有确认歌手之前唱过什么歌，这一点很抱歉。如果知道他曾经唱过这样的歌，我们是不会邀请他的。"

"是的，那些歌词也是这次出现问题我们才知道的。对这种社会问题我们太不敏感了。这是我们第一次负责这项工作，没有做好……对不起。"

说着，学生总会会长和副会长的眼眶红了。看到他们不停地咽口水，努力调整呼吸后反复道歉的样子，我突然觉得很难过，好像自己担任了反派角色，心里有些压抑。问题歌手最终登上舞台演唱了歌曲，据说待了20分钟左右，但看到论坛里说，他没有唱那些有问题的歌曲。

火的故事：不就是头发吗？有什么了不起的！

5岁以后我就没有剪过短发。我一直以为头发的长度必须无条件保持在肩膀以下。虽然从2018年开始关注女性议题，但起先我并未过多注意"逃离塑身衣"运动。生活至今，我没有因为"装扮"感受过压力，所以"装扮劳动"①这个词对我来说有些陌生。上了大学以后，充其量也只是化淡妆、用唇膏，睫毛膏、腮红之类的化妆品基本不用。出门前我需要的准备时间，算上洗漱的时间在内，30分钟足够了。如果前一天洗过头，10分钟之内就能完成所有的准备。实在没有时间的话，戴上帽子压低帽檐出门也未尝不可。

---

① 指为了满足社会要求的女性形象而不得不进行化妆等"劳动"的现象。——译者注

尽管如此，不知为何，唯独对头发的长度我始终非常在意。"女人怎么能留短发呢？"这种想法似乎从小就在我心里扎根了。2018年，韩国女性中掀起了"逃离塑身衣"的热潮。丹也参与了进去，把自己的头发剪短了。但即使如此，我也从没有想过"我也要加入'逃离塑身衣'"。坦率地说，我觉得这和我无关。当然我并不是对女性问题不感兴趣。我很清楚，这个社会有一个"玻璃天窗"[①]，还有很多人只因为自己是女性就成为厌恶犯罪的目标。

丹从没强迫过我。她只是不停地告诉我参加"逃离塑身衣"运动以后有多好、剪短头发有多舒服、不用化妆有多好、把用来打扮花的钱攒下来有多可观。偶尔我会感到厌烦。要我也那样做吗？可是我现在也没怎么打扮啊。这个样子也还好吧？当然我内心非常好奇，丹到底为什么要参加"逃离塑身衣"运动，为什么有那么多的女性参加了"逃离塑身衣"运动呢？

一天，我出门见朋友，后来还有点时间，就去了学校图书馆。在新书展区转了一圈，我看到了一本名为《逃离塑身衣：到来的想象》的书。因为对"逃离塑身衣"运动非常好奇，所以我顺手借了那本书，真的是顺手借回来的。那天凌晨，直到天空微亮，我才合上书的最后一页。

---

① 指阻碍女性进入高层职位的"看不见的障碍"。——译者注

现在才知道，男性上班时需要具备的基本设定，即"人样"，和我们一直不同。女性在具备"人样"之前，每天都要花费一定的时间和费用，通过付出努力才能达到，而男性不同，他们本来就有一副"人样"。

　　　　　　李珉京，《逃离塑身衣：到来的想象》，第42页

　　所有的好奇心都被消除了。书中的每一个观点我都非常赞同，但真正击中我内心的文字就是上面这段。原来我之所以一直坚持留长发，是为了维持所谓的"女人的样子"。我担心自己剪短头发会看起来像男人，不像个女人。但现在我才明白，这不过是社会制造出来的"规定"。

　　看完书后，最先想到的便是"把头发剪短"，必须在自己改变想法之前剪掉，所以一大早我就去了理发店。我说自己要剪短发，理发师说："啊？为什么要把长发剪掉？别剪了吧！"我原本要求剪成耳朵以上的超短发，但理发师反复劝说，最终我剪了齐耳短发。对我来说这已经是很大的挑战了，毕竟20年来我一直留着长发。

　　虽然把头发剪短了，但渴望摆脱社会制造的"女人的样子"的愿望依然强烈。一周后，我又去了另外一家理发店。理发师看起来比我大几岁，我让他给我把头发再剪短一点，可是，他剪得磨磨蹭

蹭的。

"那个，请把我的头发剪得像你那么长。"

30分钟的时间里，理发师一直试图说服我，说再剪下去会毁掉自己的形象，至少一个月的时间里出门只能戴着帽子。不过是剪个头发而已，怎么那么难呢！那天，剪掉的头发还不足两厘米，结果两周不到，我再次去了其他理发店。如果一次剪好的话，只需要花15000韩元左右，可是因为去了3次，钱和时间都花了3倍。这次我决定不管理发师如何劝说也坚决不动摇，于是打开理发店的门就大声说："请给我剪短发！"

终于剪短了头发，走出理发店，脖子后面特别清爽。虽然还有点不适应，但是头发变轻了，心情也很好。第二天去学校时，我试穿了好几件衣服，镜子里映出的是崭新的自己。以前我觉得自己的样子不难看，现在甚至觉得自己有点酷。我心里想着"看看我改变发型后的帅气样子吧"，然后昂首挺胸地走进了教室。那一瞬间，同班的男生似乎吓了一跳，但我毫不在意。周末回家后，父母开玩笑说："你不知道'身体发肤受之父母'吗？"

因为我剪的是稍长的短发，所以大家的反应也不过如此。但是朋友淑子把及腰的长发一下剪成了两块式发型（Tow-block）[1]，周

---

[1] 将上下分成两部分修剪，两侧极短，头顶发量大的一款发型。——译者注

围的反应就比较强烈了。一次去公共卫生间，有人看到她后怀疑自己走错了，马上跑出去看了一下这是不是女厕。还有人当着她的面大叫一声"这里是男卫生间吗"。唉，不就是头发吗？有什么了不起的！

丹的故事：剪短头发心情真好

我们学校前面有个有几十年传统的鸡爪店。2019年夏天，我和火每周都会去一次那家鸡爪店，我们的味蕾已经被老板的厨艺征服。虽说名字是鸡爪店，但其他食物也都非常惊艳，比如刀切面、萝卜缨泡菜拌饭、烤猪皮、铁板鸡等。食物里也没有用到什么特别的食材，像萝卜缨泡菜拌饭里只有萝卜缨和拌调料、米饭，刀切面只有店老板熬的高汤、面条和青辣椒。

小组课题结束后，为了放松疲惫的身心，我和一个研究生姐姐一起去了鸡爪店。着迷于鸡爪的味道，我们又点了些啤酒，萝卜缨泡菜拌饭的味道更是让人大喊满足，之后我们还要了烧酒。"啊——小组课题太累了！""姐姐真的很擅长使用统计程序——天才！"我们愉快地聊着各种话题，这时店老板端上了最后一道菜——刀切面，然后问：

"你是男的还是女的?"

空气一下凝固了。为什么突然问这种问题?只是因为头发短吗?虽然学姐的头发比邻桌男人的短,但是用头发长短来判断对方的性别,不管怎么说都是很无礼的行为。姐姐还没回答,我已经怒不可遏了。

"我说!老板,你说什么呢!明天我也要剪短发!"

姐姐似乎已经习惯了这样的问题,反而是我勃然大怒,且当众宣布要剪短发。"怎么突然宣布这个?"所有人都惊呆了,接着开始哈哈大笑。

"我今天要剪头发。"

"稍微修一下吗?"

"不,我要剪短发!"

"天哪,这么突然,为什么?你疯了吗?"

我给朋友打电话说想剪头发。对方一开始没太在意,当听到我说要剪那种耳朵以上长度的短发后大吃一惊。她问我为什么要剪短发,我含糊其词地说"没有什么特别的理由"。以前我没有勇气剪,现在大家都剪,短发就变得流行了。上午的课结束后,我叫上同校的男朋友一起去理发店。我的心脏在怦怦跳。啊,10年中我从没剪过短发!

"请给我剪成短发。马上就要毕业了,毕业之前我想把头发剪短。"

走进理发店,我对理发师这样说。可他却面露难色。

"那种齐耳的短发怎么样?说不定今后你还会想把头发留长呢!"

我是那种想做什么就一定要做的性格,所以没有打消剪短发的想法。一个月前,我曾给头发做过价值16万韩元的内扣烫,但此刻我非常想剪短发。我列举了几项很有说服力的理由,比如我的头发有点自来卷,留长发的话很不好打理,而且费钱。理发师挑起眉毛,撇了下嘴,最后叹了口气,咔嚓咔嚓地剪起头发。我照了照镜子,哇,好不适应啊。原来我的头发可以这么短啊。正在感叹,理发师又问了一遍。

"要不要就此打住?稍微长点既方便打理……"

"不,还是剪短!"

虽然打断别人的话不太礼貌,但我还是这样做了,而且再次强调了自己的要求。我压根就没想过剪什么齐耳短发。终于剪好了,镜子里的自己看起来那样陌生。脑海中忽然想起了一个人,是妈妈。从理发店出来后,和男朋友一起拍了纪念照给妈妈发了过去。脖子上吹拂着凉爽的风,我的脸上不时浮出笑容。

"骗我的吧。"

正在上课,妈妈给我回复了。什么?我经常骗您吗?才没有呢。正在回复信息,一起听课的同学啪地拍了一下我的肩膀,递来一张字条。

"喂，你男朋友没说什么吗？"

"什么？因为剪头发的事？"

"我还以为你们分手了呢。"

"看到我这么轻松，他看起来也挺高兴的啊！"这样写完后，我把字条折起来放进了笔筒。其实想说的话我已经忍了一个学期，现在也没必要再解释什么了，今天的对话就到此为止吧。走出教室时，我向教授鞠了一躬，教授说"头发剪得很清爽嘛"，这是今天听到的最令人高兴的问候，我的心情又舒畅了。

第 4 章　要去哪里才能见到我呢？

火的故事：你在干什么？

那天在咖啡厅写文章，到打烊时间了，我赶紧收拾东西出来了。因为需要到路对面坐公交车，我站在斑马线前面等绿灯，这时旁边传来吵架的声音。我扭头看了一下旁边，一对男女正在争吵。女孩要和男人分手，男人却一直抓着女孩的胳膊发火，要求女孩和他谈谈。

心想着观看别人吵架很不礼貌，所以我没太在意。没想到这时男人猛地推搡起女孩的肩膀，一下，两下，三下！

男人大概比女孩高 20 厘米，体格明显高大得多。人高马大的他就这么用力地推她，女孩向后连打几个趔趄。来不及细想，我的话已经脱口而出：

"喂，这是你的女朋友吧？你在干什么？"

走近几步，我发现男人的身材很魁梧，很有威胁性，但我想着不要畏缩。我抑制住颤抖的声音，怒视着他。他可能被突然闯入的我吓到了，一时有些惊愕。但仅此而已，男人继续对女孩恶语相向：

"妈的，那就分手吧！"

"求求你，不要生气……"

女孩的脸上沾满了泪水，眼角红红的。男人骂骂咧咧地先走了，斑马线前面只剩下我们两个。该怎么安慰她？我小心地看了女孩一眼。她看起来比我小四五岁，我轻轻地拍了拍她的肩膀，和她一起等待绿灯。

绿灯亮了，我们一起过马路，这时她的手机响了，手机屏幕显示"我的爱"来电，看样子是刚刚那个男人。我环顾了一下四周，在离这里稍远一点的地方，男人正看着我们这边。万一他再对女孩动手怎么办，我很担心，于是开口问：

"要不……我把我的手机号留给你吧？"

她垂下眼帘，嘴唇动了几下，似乎在思考，最后小声说：

"没关系……谢谢您……"

我们相背而行。我的心里很不是滋味，就像初中时男朋友说着"我是因为爱你才这样"来约束我的行动，那个男人也会说"因为爱你，不想错过你，一时心急才会那样"吧？这样说才会让自己的行为变得合理，但是他的行为已经属于约会暴力了。

我不是警察，能做的不多。但愿那个女孩不会再受到伤害。据悉，每年约会暴力的报案件数都在增加。实际上，除了接到的报案，其他公然发生的约会暴力事件又有多少呢？根本无从考量。报案数量每年都在增加，这到底意味着什么？是越来越多的人已经认识到约会暴力也是明显的"暴力"，还是约会暴力事件本身大幅增加？我无从知晓。很多人即使受到约会暴力，也很难马上意识到自己遭遇了"暴力"。男人经常对女人说"除了我，其他男人都不可以相信"，可是，他真的是值得信任的人吗？连身为男人的他都主张不要相信男人，这不奇怪吗？

从约会暴力报案件数来看，2014年为6675件，2018年为10245件。据2019年3月韩国女性电话机构提供的统计数据显示，2018年被配偶、恋人等关系亲密的男性杀害的女性至少有808名，因杀人未遂而幸存的女性至少有196人。

一个人走在回家的路上，我怀着失落的心情给朋友打了个电话。我告诉朋友刚才发生了这样的事，朋友的第一反应是担心我。

"如果他连你一起打怎么办？"

"嗯，这个嘛，那就让他多准备点医药费吧！"

丹的故事：如坐针毡

和男朋友一起去吃比萨，喝啤酒。等了半个小时才进到餐厅。来到座位上，发现旁边座位上也坐着两个跟我一样剪了短发的女孩。为了方便起见，一个叫 A，另一个叫 B 吧。直到吃完饭离开的最后一刻，她们一直把我们两个人当作谈资。也许你会说，是我太敏感或误会她们了吧？但很遗憾，好像不是那样。我的耳朵很尖，而且两个桌之间的距离还不到 1 米。因为男朋友去了卫生间，所以她们可能以为我是自己一个人来的。A 的视线和我相遇了，看到我，她扬了一下嘴角，算是向我打招呼。虽然是初次见面的人，但我也用眼神回应了。5 分钟后，男朋友从洗手间出来坐到了座位上。这时，旁边的 A 和 B 的表情变得不自然起来。

"这个女的应该很快就会结束恋爱吧。"

B 说，A 扑哧笑了一下。"我们比她活得好，不久她就会知道的。"这样的对话一直在进行。我不想听到那些话，但是耳朵还是不由自主地捕捉她们的声音。吃比萨的整个过程中，坐在旁边的这两个女孩始终让我心神不宁。

看到我表情不太好，男朋友担心地问我怎么了，我什么都没有说。好想回到一年前。别人劝我的时候，我应该同意把头发剪成稍长一点的短发。那样的话不管我遇到谁，都不必担心别人的反应。

因为头发的长度就把我当成她们的"同类",还友好地用眼神打招呼,但男朋友一出现,就好像自己遭到了背叛一样,这种态度让人很不舒服。我只能呆呆地盯着面前的比萨。她们边吃边聊,我和男朋友就是她们最好的谈资。她们高谈阔论,从"逃离塑身衣"运动,谈到女权主义、独身主义。她们强调独身主义有多好,谈论着觉醒后成为独身主义者对人生有多大的帮助。

她们投向我的视线没有丝毫顾忌,那么理直气壮。我似乎听到自己心里大声呼喊让我立刻逃离这里的声音,简直如坐针毡。其实窗边的位置还坐着别的情侣,可 A 和 B 的注意力只在我和我的男朋友这里。

剪超短发的时候,朋友对我说:"剪了短发还有男朋友?因为你,连我都被性对象化[①]了怎么办?"在她看来,如果像我一样把头发剪得那么短,同时又有男朋友的话,会给其他也剪了短发的女生带来不好的影响。

我说不出话来。如朋友所说,如果因为我有男朋友就会被性对象化的话,那也是那些戴着有色眼镜看人的人的问题。向受害者追究责任不奇怪吗?每当看到有人以"为了打破家长制,你不能做这

[①] 个人为了满足自己的性心理,将社会、政治、身体上比自己弱的人当作没有人格或感情的东西看待的现象。在女性性对象化现象蔓延的社会中,女性也会通过某一身体特征定义自己,或通过外貌评价自己,从而将自身性对象化。——编者注

个,也不能做那个"为由,将女性边缘化并横加指责的样子时,我总会感到一阵悲哀。

火的故事:我愿意感到不舒服吗?

在成为女权主义者的过程中,最深刻的感受就是"不舒服"。就连以前每次听到都会很高兴的"漂亮"一词,现在也让我感到非常别扭,包括曾经非常爱看的美国电视剧也让我感到不舒服。男人对女人说的话都被翻译成平语[1],女人对男人说的话则一律被翻译成敬语[2]。每次看到电视剧中披着浪漫的外衣,公然宣扬约会暴力的场景,我就会不由自主地皱起眉头。

初中时,学校人气很高的一真姐姐走过来跟我说:"你长得真漂亮!"因为长得漂亮,所以我和这个姐姐成了朋友。走在街上,偶尔会有陌生男子走过来说:"那个,我觉得你很漂亮,能不能告诉我电话号码?"都是些不认识的陌生人。有了几次这样的经历,我自然而然地认为,自己长得漂亮还是有好处的。越是听到别人夸我漂亮,我就越想变得更漂亮。漂亮这句话似乎自带一种特殊的

---

[1] 与平辈谈话时使用的语言,比较随意。——编者注
[2] 与长辈、前辈、上司、初次见面不熟的人谈话时使用的语言。——编者注

魔力。

是女人就应该漂亮。很多人喜欢说"女孩长得漂亮等于考试三连冠"。在判断女性的价值时，外貌通常是最先被考虑的标准。大家普遍认为，使用BB霜或唇釉化妆是"基本礼仪"，而不化妆就出门的话很容易被人问"你今天哪里不舒服吗"。虽然有些人是真的担心我是不是生病了，但还有一些人分明是在暗示：你没有化妆的脸就像生病了一样。

那天，像往常一样，结束了一天的事情后我开始看美剧，这时脑海中忽然冒出一个疑问——英语中本来没有太多敬语，可为什么女人对男人说话的台词都翻译成敬语了呢？如果说是对男性上司说话，那翻译成敬语还可以理解。可明明是夫妻间的对话，而且男女主角看起来年龄相仿，但只有妻子说的话被翻译成了敬语，岂非怪事？本来是为了释放一天的压力才看的美剧，可这也让我感到不舒服……我只好中途关掉了电视。

好吧，不去较真美国电视剧台词的翻译问题了，问题是韩国的电视剧中也公然将分明属于约会暴力的场景美化为浪漫场面。我想起了那部很有趣的电视剧《又是吴海英》，朴道京和吴海英发生激烈的肢体冲突时，朴道京将吴海英推到了墙上，并强吻了吴海英。后来有人批评这个场面是"将约会暴力美化成浪漫场面"，可惜的是在影视界没看到任何反省的迹象。在韩剧中经常可以看到男主角把女主角推到墙上强吻的场面，以及男主角粗暴地抓住女主角手腕的场景等，而有些人竟然将之吹捧为所谓的经典镜头。在韩国社会，约会暴力正作为让人心动的浪漫场面被消费。

有人问过我，为什么要活得满身棱角，意思是有什么必要为这些琐碎的小事浪费精力吗？难道我愿意感到不舒服吗？认知到各种社会问题、感到不舒服所以提出异议，这不应该被视为"小题大做"。对某些人来说习以为常的事情，对另一些人来说是难以忍受的。我相信，我的这种敏感可以引导社会向更好的方向发展。

丹的故事：我在走的路

两年多以前，我一直假装自己没有男朋友。那段时期流行这样的观点，即完美的女权主义者不需要"男性"。我显然也受到了这种观点的影响。每次见到朋友们，假如她们只谈论自己的男朋友，我就会十分不满。我无法理解，为什么要那么在意男朋友说的每一句话？为什么男朋友可以规定她们的晚归时间？还有约会存折里的钱明明是每人一半，凭什么卡非要放男朋友那里？

我开始要求自己，不论何时何地都要"像个真正的女人一样"独立起来。我把传到 SNS 上的男朋友的照片都删了，每次约会也总是和男朋友保持5步左右的距离。这些大部分都属于下意识的行为，但还有一些方面我会刻意提醒自己：

1. 即使和男朋友一起去咖啡厅，也要坐在不同的桌上。
2. 一起走路的时候不牵手。
3. 约会的时候留心观察周围有没有短发、不化妆的女性。

对我来说，男朋友是个很特别的人。我们曾经那么亲密，形影不离，可如今我要求他和我分开走路，就像第一次见面的人一样保持距离。我太极端了。我为自己梦想成为的女权主义者而行动着，并坚信这是正确的。用"醉了"来形容当时的我再恰当不过了。醉汉怎么可能读懂文章？我没有再读女权主义书籍，一度印象深刻的 *Feminism Is for Everybody*[1] 也被我从脑海中全部抹去了。我把从前接触到的女权主义思想全部归结为一句话——"能帮助女性的只有女性自己"，而且认为与男性一起实践女性主义、批判家长制是非常屈辱的行为。

韩国女性为"江南站杀人事件"和"Me too加害者""网盘联盟"感到愤怒。"不是随机杀人事件，而是女性厌恶犯罪。""我不愿被男性性对象化。""女性与男性发生性关系时，只能得到患性病或怀孕的可能性，以及对非法拍摄的担忧吗？"不管走到哪里，这

---

[1] 中译本名为《激情的政治：人人都能读懂的女权主义》，作者贝尔·胡克斯（Bell Hooks）。2008年由金城出版社出版。——编者注

些想法始终在我的脑海里挥之不去。经历了一系列的事件后，我对"能帮助女性的只有女性自己"这句话产生了深深的共鸣。

实习的时候，上司说的那句"有男朋友的人总是磨蹭，不好好干活"一直萦绕在我的耳边。还有人的说"有配偶的女性是拥护家长制的纯真女性"。我不希望因为有了男朋友就被当作"不懂事的""尚未觉醒的""只顾谈恋爱，不努力工作的"女性，于是我只好装作没有男朋友，处处和男朋友保持距离。男朋友从未因此指责过我，他认为我有了全新的目标，并支持我说"你认为对，那就对"。

就这样，几个月的时间里，我一直与男朋友保持着距离。有一天约会时，我似乎感到有一股汹涌的波涛向我袭来，好像有人对我说"你没有资格参与女权主义运动"，然后把我推到了陆地上。在"独立、堂堂正正、一个人也能做好事的女性"的前面，我又多了一个"看他人眼色"的修饰语。

因为没有自己的主观想法，刻意模仿别人追求"独立的我"，我迷失了"真正的我"，这是我做梦也没有想到的。为了摆脱传统的"女性形象"，我像个叛逆的孩子，只知往反方向跑，这是我自己选择的自由。有时因为后悔过去做的事，我猛踢被子，但男朋友总会拍拍我的背，然后告诉我，"这只是寻找自己真实面貌的过程而已"。

火的故事：丹的告白

2019年的暑假，除了睡觉的时间，我几乎整天都和丹在一起。由于每天朝夕相处，我们对彼此的一举一动都了如指掌。正当我认为我们几乎和家人没什么区别的时候，从丹的行动中我嗅到了一丝奇怪的气息。好多次丹似乎有话对我说，却突然转移话题或回避我的视线，这很奇怪。她到底有什么瞒着我？虽然有些失落，但我并没有追问。

我们每天要上8个小时的编码课，这期间都必须坐在电脑前。丹的电脑显示器的一旁总是开着聊天工具，有一个名字始终位于对话列表的上端：鼹鼠。我在丹旁边的时候，丹都会回复别人，但是唯独不回复鼹鼠。"为什么不给鼹鼠回复信息？鼹鼠是谁？"我问丹，她神色惊慌地说是朋友。有什么不方便说的？看到我露出不悦的表情，丹急忙打开手机相册说："他就是鼹鼠！因为长得像鼹鼠一样，所以叫他鼹鼠！"我看了一眼，明明长得一点都不像鼹鼠。

几天后，离编码课考试没剩几天了，我在图书馆学习。因为太困了，我打起盹来。这时丹一脸悲壮地找到我，说有话要说。看她的表情，好像是有什么重大的事情要跟我说，我一下睡意全无。我用疑惑的眼神看着丹，发现她的眼里噙满了泪水。接着，丹的眼泪开始不停地滑落，她剧烈地抽噎起来。我一句完整的话都没听到就急忙跑进厕所撕来一大把纸,安慰丹。过了好一阵子,丹才艰难地开了口:"其实鼹鼠是晋……"说完她又呜呜地哭了起来。晋是跟丹交往了很久的男朋友,之前我看到SNS上丹的男朋友的照片都不见了,还以为他们分手了。

告诉我鼹鼠其实是自己的男朋友后,丹的表情明显轻松了很多。她又继续说:"我参与了'逃离塑身衣'运动,所以对自己有男朋友的事很不安。这样我就不像一个真正的女权主义者了……来自周围的视线让我承受了很大的压力……"丹说自己从没告诉任何人,只告诉了我,说完眼里又闪起了泪光。参与了"逃离塑身衣"运动的女权主义者就不能有男朋友了吗?我很惊讶。

其实,以前因为顾忌丹的看法,我一向很少提及自己的男朋友,反而是丹先问起我有关男朋友的事情。每当这时,我似乎急于证明自己的男朋友与其他男人不一样,总是费尽心机地挑着他好的地方说。原来丹也有男朋友啊!虽然有种被背叛的感觉,但一想到再也不用隐藏自己的恋爱故事了,我心里就无比轻松。丹仿佛是为了补上之前没能说的故事,有段时间每天都要跟我讲好几个小时鼹鼠的故事。最近偶尔我还会用这个跟丹开玩笑,每次说起来我们都要笑半天。

丹的故事：第一次在火面前哭

我已经一度习惯了假装自己没有男朋友。可是我觉得对火非常抱歉，终于流着眼泪向她坦白说："我是有男朋友的。"这桩"告白事件"发生在去年初夏，在学校图书馆的学习室里。事实上，如果可以，我是想隐藏到最后的。我不希望别人知道我有男朋友，所以在经常使用的聊天工具中，我把男朋友的名字改成了"鼹鼠"，心想这样火就不会知道了吧，可是火眼尖得很，有一次她问我谁是鼹鼠，我灵机一动回答说："啊，是我一个很要好的朋友。"但火的表情不太寻常，明显对我的回答不满意。心虚的我从手机里找出一张其他人的照片给火看，还说："因为他长得很像鼹鼠，所以叫他鼹鼠。"完了，我这个人心里有什么都会写在脸上，每当我内心慌张时，面部肌肉就会僵硬。我试图赶紧一笑带过，但声音在发抖，根本无济于事。

其实我隐瞒实情并没有什么特别的原因，只是单纯地不想让别人知道。我担心别人知道我有男朋友，就把我误解为懦弱的女人。在我看来，"有男朋友"这句话似乎在某种程度上等于"依赖男朋友"。人人都知道"没有男朋友意味着独立"这一主张的前提本身就是错误的，可即便如此，假如有人对我说"（单身）好潇洒，好酷"这样的话，我仍会忍不住嘴角上扬。

其实我为此苦恼了很久，但当火问我"为什么说你没有男朋友"时，除了"我很抱歉"，我什么都说不出来。想起我总是跟朋友们说"男人都是狼"，让她们小心，我就既抱歉又惭愧。我干预过四五个好朋友的恋爱，但至今只向其中 3 个朋友道了歉。（目前①已向 5 个朋友全部道歉。朋友们都说，自己也有过类似的经历，对不起。）当被问到"为什么'竟然'假装没有男友"时，我回答说："就是啊……"然后眼眶发烫，涕泪横流。大夏天的，鼻涕却流个不停。火递来纸巾，一边安慰我说："爱人的感情是无法隐藏的。"我的眼泪又流下来了。虽然当时的感受还历历在目，但其他具体的细节已经记不清了。

---

① "目前"指的是这本书出版时的 2020 年。——编者注

第 5 章　开始调查

丹的故事：我的第一个头条是"总统的耀眼美貌"

在报社实习已经进入第二周。当时正值奥运会期间，所以我每天都会写两篇以上有关足球的报道。20 年的人生里，我从来都不是球迷，奥运会也是只关注"韩日战[①]"，所以对足球比赛规则也不甚了解。因此，我写的东西大多是网民对比赛的反应，或网络热搜排名比较靠前的选手的身份和逸事，例如，《俄罗斯选手的名字里为什么都有"斯基"？》《克罗地亚总统何许人也？》。

尽管如此，为了写出别人没有写过的报道，我还是花了很多心思。要知道即使是单纯有关热搜的报道，要想写得与众不同，怎么也需要两个小时的时间。往往整整一个上午才能完成一篇报道，到

---

① 指韩国足球队和日本足球队的比赛。——编者注

了下午才能放开写自己真正想写的新闻。

那篇《克罗地亚总统何许人也？》我写得很是用心。原因是"克罗地亚总统不同寻常的美貌"等报道令人非常不舒服。这样的报道下面，评论区必定充斥着不堪入目的污言秽语。于是我思考着，她是如何成为总统的呢？肯定有很多像我一样好奇她人生经历的人。我要以她的履历为中心写报道。我甚至把外媒的报道找来翻译，认真整理了总统的履历。

"写克罗地亚总统那篇报道的是你吗？上了咱们网站的主页呢！干得好！"周一，上司走到我身边，称赞了我在上周五写的报道。这是开始实习两周以来我第一次得到表扬，也是我的报道第一次被当作头条。好吧，既然反应还不错，让我也去好好看看。登在什么位置呢？既然是关于一国总统的报道，那应该在国际版？或者，因为总统是来看奥运会的所以在体育版？正滚动着鼠标，我突然停了下来，瞬间我怀疑自己看错了。克罗地亚总统的照片出现在女艺人们的照片中间。

报社网站的一角，有一个集中展示女艺人们上传到 SNS 的照片的区域，据说点击率很高。可是，克罗地亚总统为什么会出现在这里？我错愕不已。标题也和我写的不一样，我分明是怀着对总统的尊敬，讲述了她波澜壮阔的政治生涯，为什么最后标题变成了《克罗地亚总统的耀眼美貌》呢？点开一看，确实是我写的文章。可报道内容和标题驴唇不对马嘴，我很生气。

中午的时候，上司坐到了我旁边。当时我们在单位食堂排队打饭，吃饭时自然坐到了一起。

"克罗地亚总统挺了不起的。"

"是啊，据说她是克罗地亚第一位女总统，是北约外交官出身，会三国语言呢。"

"是吗？"

至此对话已难以为继，那顿饭我都不知道吃到鼻子里还是嘴里了，最后草草结束了用餐。真是郁闷。

火的故事：这能算是新闻吗？

非法拍摄犯罪已经不是一两天的事情了。2018年，这一现象已经在我们的社会蔓延。公共机关工作人员偷拍公寓里的女性事件、女子高中里男生进入女洗手间偷拍女生事件，甚至现职法官也涉身偷拍事件之中。

作为实习记者，我自然觉得这是不错的新闻素材，也产生了调查采访的想法。为了对非法拍摄深入取材，我在多个网站搜索了非法拍摄、偷拍等关键词，结果发现洗手间、出租屋、街头等场所都是非法拍摄的重灾区。使用的拍摄器材也多种多样，在国内最大的门户网站Naver上搜索拍摄器材，可以发现很多销售非法拍摄器材的网站。那些拍摄者又不是情报员，有什么必要使用眼镜或圆珠笔拍摄？

还有一些摄像机甚至伪装成帽子或水桶，显然是用于非法拍摄的。否则有什么理由把摄像机伪装成其他物品？（截至2020年5月，这种摄像机仍然在出售，而且技术变得更加隐蔽，一些摄像机竟然伪装成香烟的样子。）

Naver竟然放任这种相机公然出售……买家、卖家、网站运营者都有问题。我写过一篇报道批评对非法拍摄犯罪者给予的处罚过轻，并敦促对此严惩。报道中指出，偷拍无处不在，无数女性深受其害，报道中还介绍了"防偷拍应急组合"，具体做法是用锥子插入疑似装有摄像机的孔，毁掉相机镜头，再涂上硅胶，贴上写有"不要偷看"字样的贴纸。由此不难看出，非法拍摄犯罪已经严重威胁到了女性正常的日常生活。我花了很多心思写这篇报道，但登出后反应平平。可即便如此，也绝不能停止对非法拍摄犯罪继续进行挖掘报道。我继续寻找其他新闻线索。

终于，在某门户网站的游戏论坛，我发现一些人在上传并分享非法拍摄的照片。这个会员人数超过50万人的大型论坛里公然贴出了"小心妈妈爸爸看到"的公告栏，发布偷拍的照片和明星走光露点照片的帖子不断出现，不时可以看到以"能看到内裤"为题的上传女子组合照片的帖子。还有人分享在超市拍到的女性照片，然后对照片中的女性的身材集体评头论足。还有的是从下面拍摄身穿校服的女学生，还有身穿韩服的小女孩的照片。

诸如此类的帖子超过 15000 个，男性会员们的性骚扰对话更是数不胜数。我立即着手取材写出了报道，但请当时是我的上司的男前辈 desking① 时，前辈说："这能算是新闻吗？"就这样，稿子最终没能发出。

当时实习时间已经所剩无几，我非常焦虑。在能以大型媒体的记者的身份活动的时候，我想尽快发出这个报道。最后，我找到了另外一个女性前辈，万幸的是报道最终得以发出。

报道获得的反响很大。该论坛的一名会员将我的报道转载到了论坛，看到帖子后，有会员骂道："实习记者懂什么，怎么能写这样的报道？"那篇帖子下面有 5000 个左右的回帖，80% 的回帖者是女性。她们批判论坛的男性会员，说："我们的日常不是你们的色情片！"2020 年，名为"小心妈妈爸爸看到"的公告栏被删除。

---

① 指资历较老的记者为年轻记者审稿。——编者注

火的故事：这次的现场是 Telegram

"拿到奖金的话，买什么呢？出去玩？济州岛怎么样？"

开始取材之前我们经常想如果拿到奖金会做什么，大奖奖金高达 1000 万韩元，丹和我兴致勃勃地讨论着，似乎大奖已成为我们的囊中之物。刚开始的时候就是那这样的，我们的心情非常轻松，经常互相开玩笑。距离比赛结束还剩下一个月左右的时间，我们开始努力取材。在调查东南亚跨国性剥削事件的过程中，寻找其他相关新闻线索时，我们发现了"Watch Man"的博客"AV-SNOOP"，就这样，我们第一次发现了 Telegram 中发生的性剥削事件。

我们决心对此进行深入调查。"记者一定要跑现场"，教授们对我们说得最多的就是这句话。对我们来说，这次的现场就是 Telegram。

我们潜伏在"Watch Man"管理的哥谭房里，观察新建聊天室的情况。一个聊天室消失后，我们就移动到下一个聊天室，如此持续取材。如果丹和我进入的是同一个聊天室，我们就模仿成员们的行动和语气等，一唱一和，见机行事。如果我们在不同的聊天室，我们就把聊天记录截屏，然后发给对方，以便对方了解其他聊天室的情况。我们开始调查的第二天，臂章房成员发起"公

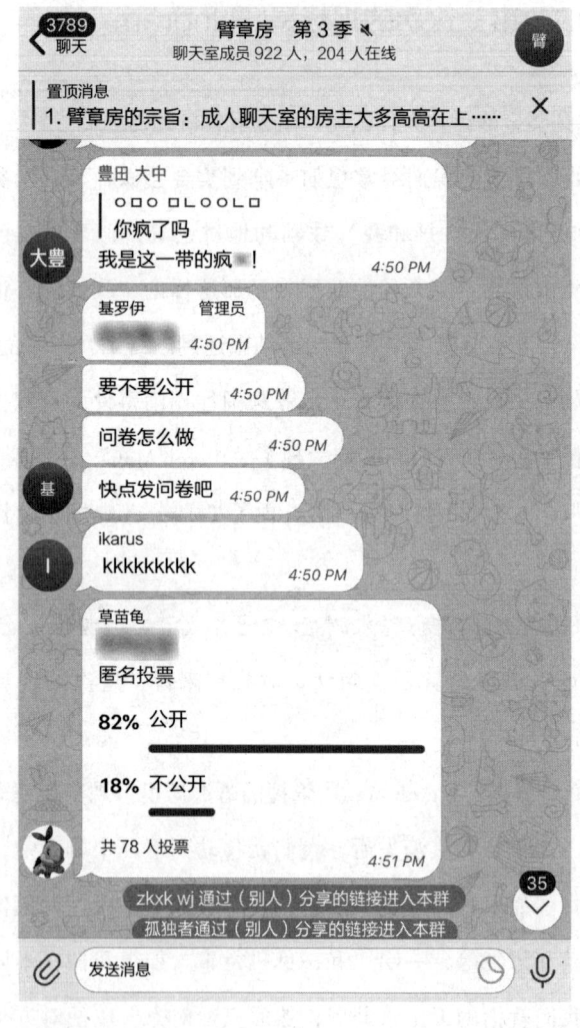

臂章房成员发起"公开××身份"(公开受害者身份)赞成或反对匿名投票

开××身份"（公开受害者身份）赞成或反对匿名投票。我们很着急，立即报了警，但已经无法阻止事态发展。已经有超过80%的成员投了"公开吧"的赞成票。我和丹抱着孤注一掷的心情，投了"保密"的反对票。

由于这些内容不适合在学校或咖啡馆看，我们只能在自己的住处边看边收集证据。看到的这一切让人始终无法释怀，对那些聊天室的成员来说，这是他们熟悉的"游戏文化"，但对我而言只是令人厌恶的犯罪行为。随着时间的推移，成员数成几何级数增长，仅哥谭房聊天室的成员就在两个月内从1000人增至7000人。由于调查时间很长，我还在聊天室里见到过认识的人。直到现在，我也无法忘记那个瞬间我所感受到的冲击，很快，这种冲击又变成了恐惧、悲伤和愤怒。

火的故事：衣柜风波

那天我们在丹的家里取材。由于一直盯着电脑显示器，只觉得眼睛发涩，头隐隐作痛。"丹，今天就到此为止吧？"午夜一过，我们决定结束今天的工作。我一边想着一回家就马上洗澡睡觉，一边慢慢往家走去。按下玄关门的密码走进屋子，我莫名感觉有些紧张。

房间看起来和平时没什么两样,但不知为什么感觉很不好,空气中似乎有一股陌生的气味。平时出门我一般都开着衣柜的门,现在衣柜的门竟然关得紧紧的。里面不会有人吧?恐惧瞬间令我几乎窒息。

我立即给丹打电话。我屏住呼吸,蹑手蹑脚,尽量无声地从家里走了出来,然后便向着丹家的方向拼命跑。接到我的电话,丹也拿着防身用的酷棍(kubaton)[①]朝我家赶来。心脏在怦怦狂跳。我们在外面停了一会儿,然后手拉着手走进房间。按密码的时候,我的手都被汗水浸湿了。

嘀——嘀——嘀——嘀——

硬着头皮打开门,家里很安静。走到衣柜只要三步左右,但我们迟迟不敢靠近。丹拿起酷棍,我从厨房拿出一把刀,我们一起高喊:

"一,二,三!"

好在衣柜里没有人。看着空空的衣柜,我这才恢复平静。可能是因为一直看那些令人厌恶、残忍的影像,所以人的神经也变得过敏了。这也算是非法拍摄给我的日常生活带来的影响吧。

[①] 遇到坏人时可以用酷棍锋利的尾部攻击对方。这种防身器材使用航空铝制作,大小便携。在紧急情况下,也可以用它击破窗户逃生。与其他防身用品相比,酷棍具有价格低廉的优点。——摘自2018年7月5日记者朴智贤发布在《国民日报》上的报道,该报道题为《防身用品列传……"我的身体由我来保护"》。

丹的故事：火的深夜来电

"我每天出门都开着衣柜的门，这样能换气……可刚才回去发现衣柜的门关着。"

火的意思是说，家里好像进人了。挂断电话，我从包后面的口袋里掏出酷棍直奔火的住处。从初中到高中，我一直是班里的接力赛跑选手，我常想，如果遇到陌生人挑衅或性暴力等突发情况，就三十六计跑为上策。但是今天我又加了一层防护。

"如果扎他的头，喷出血来怎么办？"

跑着去火家大概需要3分钟。在这段短短的时间里，各种担心的事一一浮现出来，手中的酷棍越发沉重。早知道就买个胡椒喷雾了。仔细一想，酷棍的使用方法也太残忍了。由于它的大小正好适合手拿，只有距离目标非常近的时候才能发挥作用，可是缩短与坏人的距离也需要很大的勇气啊。如果真的靠近坏人，握住酷棍的手还能灵活自如吗？不管了。毕竟是正当防卫，警方应该会酌情处理吧。对了，据说用酷棍可以捣碎西瓜，这样会不会把人打死啊？护身用品到底该怎么使用呢？

我拼命跑着，运动鞋的鞋底热乎乎的。只要过了红绿灯就是火家了，这时我看到火正从红绿灯那边赶来。

"火！"

当时直接向警察报案就好了，可我们直接去了火家。以防万一，火在手机上输入112，准备随时按下通话按钮。

来到火的住处前面了。天！窗户竟然敞开着。我责备了一下火，和她蹑手蹑脚地进了屋子。

"出来！"

我们大喊一声。房间里一片寂静。

我思考着怎样才能最大限度地不接近坏人，还能让酷棍发挥作用，然后重新换了一种握法。火拿来一把菜刀。啊，她干吗这样，怪吓人的！已经没有退路了，我们冲向衣柜。

"一，二，三！"

一片寂静。

幸运的是衣柜里只有衣服，没有人藏在里面。呼！终于活过来了。我的腿一下子软了，开始打哆嗦，握着酷棍的手也发麻。全身不知何时已经湿透了，衬衫里冒出热乎乎的汗水的气味。此刻我只想赶紧回家往身上浇点凉水。

火的故事：担心变成了现实

11月，追踪在继续进行。那天我们也在 Telegram 聊天室里收集那里发生过犯罪行为的证据。

凌晨 2 点 20 分，手机上响起了"丁零零"的提示音。

"××× 已加入 Telegram。"

如果手机联系人当中有人注册加入，Telegram 就会提示"××× 已加入 Telegram"。

那是做志愿者时认识的一个男生。虽然我们居住的地区不同，但每年都会见两次。不会吧！应该是因为工作才加入的吧……我这样想着，但预感非常不好。对我来说，Telegram 只是儿童性剥削犯罪的现场，我不停想着不会吧，不会吧，然后再次查看了我进入的聊天室的成员名单。为什么不好的预感多半是真的？在不停上传各种非法拍摄的视频和进行性骚扰对话的"××× 房"成员名单中，我发现了那个熟悉的名字。

不安、恐惧、仇恨、愤怒的感觉一齐涌来。更让我生气的是，就在几天前我还见过他。我真想马上打过去电话质问一番，然后把他骂一顿。但是如果他作为报复在 Telegram 聊天室发布我的照片怎么办？这样一想我有些担心，最终什么都没做。怀着郁闷的心情，我对曾经一起参加志愿活动的贤说："××× 加入了 Telegram 聊天室，他是不是疯了？"

事实上，在那之前我还把 Telegram 聊天室看作没有社交能力、呆头呆脑的人的聚集地，可是那个幽默又善于交际的男生竟然也去

Telegram 聊天室。震惊之余，我甚至有一种被背叛的感觉。加害者不仅隐匿在虚拟空间，还盘踞在现实空间，也许就在我们身边。我的每一个毛孔都感受到了恐惧和不安——在这样的世界里，人还怎么安然地生活下去？我不会也被偷拍过吧？恐惧与日俱增，但想要追查到底的决心也变得异常强烈。

火的故事：我是××的朋友……

我妈妈是老师，和我最好的两个姐姐也是老师。从小学到大学，我遇到的老师都很好，都是真正爱护学生的好老师，我能顺利成长到今天要感谢我的老师们。从过去到现在，老师一直都是我无比尊敬的对象。

追踪 Telegram 聊天室的第四个月，熟人凌辱房如雨后春笋般出现，其中人气最高的就是教师房。只要对方是女人，加害者就会把她们都变成性游戏的对象。他们或偷拍老师然后合成照片，或拿来毕业相册上的老师照片合成后上传到聊天室。有人甚至散布老师的 KakaoTalk 头像和电话号码，其中包括老师家庭成员的照片，仅在一个聊天室上传的老师的照片就超过了 1000 张。他们怎么能连老师都不放过……

为了告知受害的老师相关事实，我使用了 Instagram 的标签功能。每联系到一个老师，我的心情都既抱歉又难过。要和所有受害的老师取得联系并非易事，我感觉仅靠自己的力量很难完成，当时丹正在学习论述课，虽然非常过意不去，但我最终还是拜托她帮忙了。我们两个人联系到了 20 多名受害的老师。这些老师都不知道自己受害的事实。

但是，有一位老师在 SNS 上怎么也找不到。她的受害程度尤其严重，所以我们无论如何都要告知她实情，好设法终止加害行为。听认识的一个姐姐说，在同一地区工作的老师都用特定地区的聊天工具，可以通过那个进行联系。但遗憾的是，由于这个姐姐和当事老师不在同一地区，所以这个办法最终也失败了。现在，加害者声称自己是那位老师的同学，将自己握有的照片进行了更刺激的合成并上传，其他成员则集体进行低级评论。

怎么办呢？我们也联系了警方，但警方表示无法仅靠姓名和照片找到特定的人。我们能做的只有在网上寻找受害者。经过 3 天的努力，我们终于找到了这位老师工作的学校。考虑了很久，最后我留下了自己的联系方式。幸运的是老师和我们联系了，我们一起指认犯人并向警方报了案。老师说："多亏了两位记者，我们才能抓住犯人，避免二次伤害。"通过这次的事情，我对记者这一职业有了更深刻的思考。

"记者能做什么？既然记者也是目击证人，是不是对事件的解决也可以起到积极作用？"

我认为，除了采访和报道，记者还有很多可以做的事情。一位记者前辈曾对我说："记者介入事件过多了。"意思是作为记者要保持客观性。我什么都没说，这是当时我做出的小小的反抗。目睹了真实情况，作为记者，仍要保持所谓的客观态度，我不清楚那是什么。

火的故事：残像

追踪 Telegram 性剥削事件的过程中，我们看过的影像多达数千个，包括性剥削视频、偷拍视频、血腥视频等可怕的影像……

那段时间，每晚睡觉之前我们都要进聊天室看一下。那一次，一进去我就看到一个什么东西在蠕动的视频。虽然视频长度只有短短一分钟，但我受到的冲击是无法用语言来形容的。我的四肢在发抖，全身都起了鸡皮疙瘩。

这不是 N 号房的视频，我只希望自己看到的那段影像是合成的。视频一分钟就结束了，可残留在脑海中的印象却持续了一周多，不停折磨着我。平时为了追踪加害者，我总是睡得很晚，但是看到那段视频之后我直接失眠了。每次闭上眼睛，视频里的情景就会清晰地浮现出来，它们好像在一点点地侵蚀我的身体，这种感觉一直持续了很长时间。

一次，一位记者找到我，请求我将性剥削犯罪判决书中的内容和N号房的视频的内容进行比较。如果这是与"GodGod"有关的嫌疑人的判决书，说不定可以通过这个来锁定"GodGod"。记者问我要N号房的视频，我没有提供。N号房事件在社会上引起了轰动，但我去过的N号房中仍有3个没有关闭。

由于进入最初的N号房的人又开设了第二个、第三个N号房，即使最初的N号房被解散，也可以通过剩下的聊天室找到相关视频。为了对照判决书的内容和视频的内容，同一个视频我看了十几次。为了寻找线索，我反复按下暂停、放大画面。

就这样经过几小时的分析，我终于找到了能够证明判决书中的内容和视频内容一致的明确证据。但是，找到了证据的喜悦是短暂的，在判决书中，我发现了视频中没能看到的受害事实，因此受到了更大的冲击。这种冲击很快变成了无论如何都要抓住并杀死"GodGod"的愤怒、没能及时帮助成为受害者的孩子们的负罪感，它们慢慢将我吞噬……

我感到非常无力，头阵阵作痛。为什么会发生这样的事情？如何才能阻止呢？脑海中那些可怕的影像的残像也许到死都无法抹去，至少在我能回答以上问题之前是这样的。为了结束在韩国社会蔓延的数码性剥削犯罪，我会反复咀嚼心灵上的伤痕，不停地思考。

丹的故事：残像只是残像

"最令人震惊的画面是怎样的？"

这是被问到最多的问题之一。我们回答说："所有画面都令人震惊，所以没法给出具体回答。"记者或PD还是要求只介绍留在脑海里的一个画面。在他们的请求下我只好勉强翻出沉睡在记忆中的残像。

写这篇文章的时间是2020年8月7日，这是我们进入Telegram聊天室取材的第400天。准确地说，今天一天Telegram聊天室内的影像的残像就在我脑海中掠过了41次。这是早上9点起床后，我有意识地数到下午6点的次数。现在说不定已经不止41次了，因为写这篇文章的时候我也一直在想起。从前忆起的那些残像虽然已经不清晰，但它们一直在大脑的某个地方。偶尔我想起加害者们那些低级的性骚扰和厌恶女性的对话，仍然会感到不快。如果可以，我真想把脑海中的每个角落都洗干净。

我希望有人能问我这样的问题——现在受害者的日常如何？政府是否切实保护了受害者？目前需要制定什么法律法规？怎样才能改变法庭做出的不痛不痒的处罚？今后我希望自己可以做出更多生动的回答。

残像，只是过去的样子而已。

火的故事：走到最后

我和丹最开始要调查的不是 Telegram N 号房，而是 KakaoTalk 开放聊天室中分享跨国性剥削后记的聊天室。

KakaoTalk 开放聊天室里，少则 30 多人、多则 400 多人聚集在一起共享东南亚跨国性剥削的信息，还有人非法拍摄并上传东南亚女性的照片。开放式聊天室中，虽然有的聊天室需要经过男性声音认证才能进入，但大部分无须任何认证即可轻松进入。一天的时间里，我进入的聊天室就有 5 个。聊天室里面，成员们不断进行着"××地区×××身材不错"这种把女性性对象化的对话。

2020 年 5 月，我想，N 号房事件引起社会关注以后，这些人会不会消停一些，于是带着期望进入了 KakaoTalk 开放聊天室。虽然已经过去了 11 个月，但是加入方式仍然很简单。曾有人问我们为何如此了解这些聊天室的加入方式，答案是这真的很容易。但是为了防止其他人员流入，这里不会详细介绍如何加入。

不管在哪里，想要对女性进行性剥削的那类人都差不多。总有人像哥谭房的"Watch Man"那样，希望通过向他人提供情报，来享受大哥的待遇。一些成员说着"因为新冠疫情，连'puing'都吃不到，'泡菜'也吃不了"的话，表达惋惜。"puing"在泰语中意为"女人"，聊天室的成员们使用这个单词，说明他们完全把东南亚女性当作性商品看待。"泡菜"则是贬低韩国女性的说法。

从开始调查的 2019 年 6 月到现在（2020 年 5 月），一切都没有什么变化。这些人仍然经常发表厌恶女性的言论。虽然发现 Telegram N 号房后我们改变了深层取材的对象，但这绝对不意味着上述事件不够严重。在韩国社会，把女性的性当作游戏来消费的现象已然成为一种文化。对我而言，这既不新鲜，也不惊奇。在我打过工的地方，一连几天的时间，男性社长都讲述着自己和朋友们一起去东南亚旅行时遇到的一个 18 岁女孩的事情，语气里充满了炫耀。

火的故事：随机聊天

那时我还是初中生，当时手机刚刚普及，只要是软件商店里有人气的软件，即使不知道是什么我也都下载下来了。其中一个叫"随机聊天"，刚注册好账号，就来了很多消息，提示音响个不停。大部分内容都是"发张自拍吧""拍张脚的照片给我看看""我们见面吧"等。那时候我并没意识到什么问题，我没理那些要求我发自拍的人，但是看到有人让我拍脚的照片的时候，心想，脚应该没事吧？那个人对我说了很多好听的话，一定要看我的脚的照片。为什么想看别人的脚呢？我很好奇，于是给自己的脚拍了张照片，但总感觉哪里怪怪的，最后我删除了那个聊天软件。

调查采访 N 号房事件期间，我偶尔会想起中学时期的事情。如果当时我没有删除那个应用程序的话呢？如果我把脚的照片发过去的话呢？如果给我发消息的人更狡猾一点，从我那里得到了脚的照片，再要手的照片，最后肯定还会跟我要脸的照片吧？

2020 年 7 月，N 号房事件引发了广泛的社会关注，我想知道上述情况会不会有所改变，于是再次下载了那个聊天软件。一打开聊天软件就收到了很多消息——"开个房间见一面吧！""你几岁了？""有条件吗？"有些人问我年龄，我回答说是初中三年级。只有一个人说"对不起",另外4个人都说"没关系,我们见面吧"。正想着5个人中至少有一个人有良心的时候,刚才说对不起的人在5分钟后又发来了消息:"(初三也)没关系的话,你愿意跟我见面吗?"

软件商店里的聊天软件有200多个,我只不过是下载了其中的一个。在不到1分钟的时间里,我就遇到了5名潜在的性犯罪者。最近几年不断有人指出,针对青少年的性犯罪案件大部分是通过手机聊天软件发生的,但这个问题一直没有得到解决。2015年,一名14岁的女孩先被在聊天软件中认识的皮条客性侵,后被性服务买家在汽车旅馆杀害。5年后,"博士"赵周彬又通过聊天软件物色"下手目标",他先在网上威胁受害者,然后策划线下性暴力。初中时的我也许只是运气好,才没有受到伤害。

在数码性剥削犯罪报道中下方的评论区,经常可以看到类似于"当初为什么要上网聊天""为什么在自己的账号发布不雅内容"等会造成二次伤害的评论。难道只有女性使用聊天软件和发布不雅内容吗?男性用户不是也很多吗?那为什么只有女性受害呢?受害者中年轻的女孩很多的原因是什么?这是因为犯罪分子早就将她们当作了"下手目标"。不管是聊天软件还是有不雅内容的账号,都不是问题的根源。质问受害者"你自己就没有责任了吗"的做法恰恰会赋予加害者一定的正当性。对受害者提出"当初为什么要那样"

这种问题本身就是一种加害。"怎么能那么做？"这个问题应该问加害者才对。

对于那些诱导青少年使用聊天软件，从而试图获取利润的企业，必须加强约束，同时处罚相关使用者。这样，我们才可以更好地守护韩国的未来。

丹的故事：你现在站在哪一边？

做实习记者的时候，我最关心的问题就是非法拍摄。那段时间发生了谴责"非法拍摄偏袒调查"的示威，因为是亚洲最大规模的女性游行示威，国务会议相关人士通过个人SNS账号发表了鼓励的话。我想把那些鼓励的话写进报道，但是上司不太同意，而且把门户网站"实时搜索词"中的关键词写成报道时间也不太够。

偶尔会看到一些质疑这是女性优越主义者举行的暴力示威的阴谋论报道。再这样下去，这次示威不仅不会起到宣传非法拍摄严重性的作用，还有可能被误认为是那些"受害意识强烈"的女性为助长对男性的厌恶而煽动的活动。想到这里，我内心非常焦急。

我的焦虑终于酿成了事故。我未经许可就把某教授在个人SNS账号上发布的内容进行了报道，这篇报道下面出现了无数言辞过激的恶意评论。当时，人们对"非法拍摄是严重的犯罪"这一事实还缺乏共识。晚上，上司告诉我，那位教授表示非常难堪和失望。

没有经过采访就写报道的话，至少也要取得发文作者的正式同意，可是我没有那样做。这是实习工作以来我第一次出现大的失误，我感到非常愧疚。那位教授是我一直很尊敬的人，上司转达的那些话立即化为了扎向我心脏的匕首。苦恼了两天两夜，我向教授发去了道歉的信息。

教授给我回复了。内容大致是，如果我提前来征求他的同意，他会很爽快地答应我的采访。除此之外，教授还说了一些鼓励我的话。那些信息现在还留在我的收信箱里，它们是我每次采访别人时都会拿出来看的宝贵的礼物。

一年后，我和火调查采访了Telegram N号房事件。在事件报道之前，为了征求关于数码性剥削犯罪受害者受到二次伤害的问题的意见，我联系了一年前冒犯过的那位教授。当时困扰我们的问题是"在N号房事件受害者的安全得不到保障的情况下，是否可以公开讨论该事件"。虽然也向现任记者和警察咨询过，但我们还是想听听学界人士的意见。写好问题后，我发出了邮件，然后等待回信。

你现在站在哪一边？破坏加害者纽带的第一步就是不再默认或旁观性剥削影像的传播。不能把羞耻转嫁给性犯罪受害者，而是要让加害者全体感到羞耻，要揭露所有加害者的暴行。

我非常清楚，要想终止加害行为，必须让N号房事件付诸公论，但我还是有些担心。我们是否能够继续关注这一事件？这样会不会只把受害者推入困境？在一连串的问题面前，我犹豫了很久。

但现在我知道该怎么做了。我把教授回复的内容抄写下来贴在了笔袋上，每当心灵脆弱的时候，就会打开笔袋反复读那段文字。我时常提醒自己"不要对一切加害行为袖手旁观"，然后继续追踪N号房事件。

第 6 章　N 号房报道之后

火的故事：70 次采访

3 月 9 日，《国民日报》开始连载 N 号房追踪记。紧接着，继《媒体今日》之后，各家媒体纷纷向我们发出采访邀请。以前都是我们直接向 MBC《真实调查》和 SBS《想知道真相》等节目组提供新闻线索，现在随着事件影响范围的扩大，媒体开始主动向我们抛出橄榄枝。

3 月的第四周，整整一周的时间我们几乎都在接受采访。别说是吃饭的时间了，睡觉的时间都不够。我们与或大或小的媒体联系，马不停蹄地接受采访。就连前往下一个采访场所的途中也无法联系，因为记者们一直补充提问新的问题，还会要求我们发送相关资料照片。

刚开始我们对此充满了热情，担心媒体的关注度不够，很多问题没等对方问，我们就主动讲了起来。就这样，每天从清晨到深夜不停接受采访的生活持续着，慢慢地，我们疲倦了。即使面对自己喜欢吃的东西，也没有任何胃口。每结束一次采访，都会精疲力尽，不想和任何人对话。身体很累，心更累。一次，丹在接受采访时流下了眼泪。我是那种只要看到电视上哭泣的场面，自己就会跟着流泪的人，更何况现在不是别人，而是丹在哭……但是，我不想在别人面前表现出软弱的样子，我希望能给依靠我们的人们提供坚实的支撑。为了忍住眼泪，我咬紧了嘴唇。可惜的是，我没能坚持太久。

在一次采访中，PD问我们，采访N号房事件的过程是不是很艰难。听到这个问题的瞬间，之前经历的种种过往一下全部涌上心头，理性的绳索瞬间绷断了。眼泪不停地从眼睛里流出来，我只能望着天花板，希望能忍住眼泪，眼前却一片模糊。丹也一样。我们抽泣着结束了那次采访。

证明犯罪事实的决心和收集N号房事件相关证据的过程中产生的创伤远比想象中要强烈。采访还在进行，头越发地痛。虽然我们说的是同一个问题的相同回答，但越回答就越痛苦。当时真想任性地推掉剩下的采访，但是想到通过采访可以让更多的人知道真相，我们咬牙熬过了那段痛苦的时间。

虽然内心恳切地希望得到媒体的关注，但我们也拒绝过一些采访。那是一档时事教育节目，制作组想以主人公的身份邀请我们，然后进行4个小时的访谈。我们小心地回绝道："我们能做的只是讲述经过，好像不应该是主人公。"这时他们又提出："我们已经邀请了删帖公司，打算拍摄一段你们一起追踪犯罪嫌疑人的影像。"我们从来没有和那些人一起追踪过嫌疑人，这样的内容明显与事实不符。可当我们拒绝对方的提案时，节目编导的回答瞬间让我怀疑自己的耳朵。

"你们必须这么做。"

接到这个电话是在周四晚上直播采访结束后回家的路上。接受对方的采访要求后，我们提供了他们想要的所有照片资料（性剥削照片除外）。虽然能理解对方因为节目即将播出所以心情非常急切，但是我们不希望这一事件被用于填补节目的播放时间。与丹商议后，最终我们明确表示了拒绝接受采访的态度。

虽然心里因拒绝了采访而很不舒服，但好在终于可以喘口气好好休息一下了。整整一周都没有时间好好吃饭，眼下好好休息一下比什么都重要，我们马上去了医院。以前经常有人问我们是不是需要接受心理治疗，我们总是回答"没关系"，但实际上并非如此。

不断涌来的采访要求、反复的提问、萦绕在脑海中的残像、对性别敏感度（Gender Sensitivity）较低的一些记者的态度，这一切都令我们非常疲惫。接受采访越多，N号房事件公论化的程度就越深，对此我们的责任感也就越重。虽然现在已经好了很多，但是每当被问到这段时间什么时候最辛苦时，我还是会先想到3月的第四周。整整一周都在和各种媒体打交道，其间的辛苦已不必说。但是，正如我们所希望的那样，我们已经将这一事件公论化，所以我们并不后悔。

丹的故事：漫长的一周

2020年3月的第四周，我们经历的辛苦不亚于一年中所有辛苦的总和。3月第四周，赵周彬被逮捕。我从进入舆论考试第六个月的就业准备生，变成了9个月前开始调查和报道Telegram中发生的性剥削犯罪的大学生记者团"追踪团火花"中的一员。我暂时退出了论述、作文学习小组，开通了"追踪团火花"YouTube账号，然后接受了很多家媒体的采访，一度是"家——咖啡厅——打工——家"的几点一线的日常生活一夜之间全变了。从3月23日到27日，我们见了包括KBS[①]、MBC、SBS在内的17家媒体的30多名记者和PD。

[①] 韩国放送公社，是韩国最大、最具代表性的广播电视台。——编者注

我不是明星,却着实体验了一次地狱般的行程安排。以前压力大的时候,我会通过吃自己喜欢的食物或甜点来解压,但这次根本没有任何闲暇时间,吃饭也没有胃口。虽然每次都对奶奶说"我和朋友见面后马上就去吃饭",但往往在回家之前能吃上一顿饭就不错了。

一周当中行程最多的周二、三、四,我完全是为了活着而吃饭。周二,一边等待YTN①《卞相旭新闻之夜》节目组的电话采访,一边吃了当天的第一顿饭——麻辣烫;周三,在结束5个采访之前什么都没吃,幸好《韩民族21》②的记者把采访地点安排在中餐馆,我才吃了一碗松茸盖饭(同一天JTBC③记者给我买的沙拉没时间吃,最后当作夜宵津津有味地吃掉了);周四,结束和《赫芬顿邮报韩国版》的午前采访后吃了面条,结束和《国民日报》的晚间采访后吃了嫩豆腐锅。表面上听起来我吃得似乎还不错,但其实比平时吃得少多了。

周四,我去药店买了1万韩元的疲劳恢复剂和清心丸吃。这是为参加TV朝鲜《新闻7》节目录制采取的非常措施。虽然非常想回家休息,但记者告诉我们"摄影棚采访是直播,可以毫无保留地说出自己想说的话",于是我们又强打精神支撑起疲惫的躯体。可

---

① 韩联社新闻台,是一个24小时新闻频道。——编者注
② 韩民族报社发行的时事周刊。——译者注
③ 韩国电视台"中央东洋放送株式会社"的简称。——编者注

是，虽然大脑不允许我罢工，身体却开始反抗了。和记者一起乘车前往摄影棚的路上，我想了一下待会儿要说的话，眼泪突然模糊了视线。担心自己会哭出声来，我赶紧闭上了眼睛，这时眼泪夺眶而出。幸亏当时车内一片漆黑，没有人发觉。

取材几个月以来我们最期待的瞬间就要到来，可我不但高兴不起来，反而感到伤心和委屈。当权者直到今天才开始关注这个事件，让人气愤。同时，我又很内疚，觉得自己之前做得不够多，让加害者们有了更多可乘之机。每次家人担心我的安危的时候，我都装作很坚强的样子，其实我也担心自己会被加害者伤害，心里非常害怕。

3月第四周的共同经历让我和丹的友情变得更加牢固了。那一周里，我们在前往采访地点的地铁上、路上互相鼓励，互相担心。"如果坚持不下去了，随时都可以放弃。"担心对方压力过大，我们努力地互相安慰着。不过辛苦并不意味着只有忧郁，我们还有"幽默密码"，那不是别的，正是"眼泪"。我们取笑在采访中率先流泪的那个人，借此舒缓压力。平日里每天黏在一起，晚上回家后一个人躺在床上就会想，不知火好不好。于是就想对火说声谢谢，还有"我爱你"。那段时间每晚睡觉之前我们都会互相说"我爱你""谢谢你"这类话。"追踪团火花"不是只有我一个人，真幸运。

丹的故事：如果不是以"追踪团火花"的身份活动

如果那天做出了不同的选择会怎么样呢？今年3月末，以"追踪团火花"的身份接受采访后，我经常回顾过去做出的选择。潜伏在 Telegram 聊天室实时举报性剥削犯罪的事情比想象中要痛苦得多。我分明是在房间里，静静地坐在自己的房间里，非常安全，可总感觉不是那样，我害怕极了，就像有人在威胁我一样。愤怒和忧郁反复出现，这种感觉将我完全束缚住了。我无数次后悔，同时在心里默想："如果那时我做了其他选择的话……"

"如果那天不是在××站而是在×××站见到火，会怎么样呢？"这是当时出现过多次的想法之一。"如果我在其他车站见到火，然后一起换乘的话……那样，火就不会遇到那种事了。"

火：我去报警了。你来接我一下，我害怕。

丹：好，你在哪？站名是什么？

火：我在××站。

丹：要打电话吗？

火：不，警察会打电话的。

丹：那个大婶还在吗？

火：不知道，我不敢看，你来车站吧。

丹：我正在去，别担心！

到达××站后，我飞快地跑下了自动扶梯。担心这期间火会给我打电话，我把手机紧紧握在手里，心里一直祈祷着火不要发生任何事情。

火：现在还有一站。我看了一下，没发现那个大婶。
丹：我现在就在××站台前面，一下车就能看到我！
火：好的，谢谢。

如果当时能知道火在第几节车厢……
如果早点约定时间……
如果不是那天，而是其他日子……

火从地铁里下来了，她在哭。我向着火跑过去，然后拿出事先准备好的纸巾递给她。本想等着火平静下来再做别的事情，却不能，我们得去见警察。我们坐着自动扶梯向地面驶去，大脑一片空白。我抱着火拍了拍她的背，火在我面前低着头呜呜地哭着，这是我第一次看到她哭。

现在回想起来，我们共同经历了很多"第一次"。潜伏在N号房取材、作为大学生记者受到瞩目后接受媒体采访、匿名进行社会运动等,这些我们都是第一次做。虽然是第一次,但到目前为止我们都做得很好,对此我深信不疑。我们都常说,幸好我们是两个人的追踪团。可现在,火却在独自哭泣,我能做的只有不停地安慰她。嗓子好干,我咽了下口水,却尝到了眼泪的味道。

那天,因为无法把火送回她的住处,我们住在了外面。在那里我也一直在想,假如抓到了尾随火的那个大婶,假如警察比我先到,假如我们不去接受媒体采访……

取材调查过程中产生的心理创伤,我们都没有向对方吐露过,因为担心讲述自己的感受会给对方带来心理负担。在医院,我们也分开接受心理咨询,所以我们都不知道对方受到了怎样的心理创伤,只能猜测"她也像我一样难受吧"。我也曾向火讲起自己的感受,还问她当时的心情是怎样的,结果火一下收起脸上的表情,面无表情,间或噘起嘴,看样子是觉得不好回答。记者们也经常问同样的问题,我回忆了一下当时火的表情是怎样的,好像是昂起头,然后一直咬着嘴唇,当时的她就是那样的。

每当火对别人讲起自己在××站经历的事情时,表情就会变得僵硬,眼尾和嘴角仿佛僵住了,但是声音非常坚定。火在努力地准确传达自己的意见和想法,每当看到这样的她,我的全身似乎都充满了"坚实的力量"。

火一直在坚持，我很感谢她。6月末从心理医生那里听到团体心理咨询的优点后，我们才开始向对方详细地讲述自己所经历的事情。我们进行同一种冥想，然后分享自己的感受，接受那些不愿回忆的事情，并把它们当作自己记忆的一部分。通过反复诉说和倾听各自经历的痛苦，心灵的创伤终于慢慢得到治愈。我们还交流了各自喜欢的冥想类型，火喜欢"山的冥想"，而我喜欢"钟声冥想"。

7月份，心理咨询结束了。虽然最近很想知道火的情况如何，但在她本人开口之前，我不想打扰她。每个人接受痛苦的速度不同，就算现在没事，明天也可能有事。我也一样。

火的故事：爸爸，您知道我的心意吧？

随着N号房事件进入公众视野，家人开始为我担心起来。父母虽然知道我在"深度报道"征集活动中获了奖，但不知道我具体报道了什么。我没有告诉他们，我不希望父母知道我所承受的痛苦，但是家人通过报道了解了这件事。妈妈在家庭群发了消息："我看到《国民日报》的报道了，火啊……为什么要调查那些事？妈妈好担心你啊！"在国外工作的寡言少语的姐姐也生平第一次为我担心：

"骄胖，你真的要小心一些。"本来我还在想爸爸怎么什么都没说，但没过多久我就收到了这样的信息。

"为建设正义的社会而孤军奋战的火，我为你鼓掌。开始时还以为只是一只小小的蝴蝶在扇动翅膀，没想到现在取得了这么大的成果！现在我们已经知道，数码性剥削犯罪的温床遍布四处，危害极大。你真了不起，我们为你感到骄傲！"

这是到目前为止爸爸给我发的最长的一条短信，内容不是为我感到担心，而是对我的称赞。我既感动又感激。3月的第四周是我们接受采访最多的一周。结束最后一个采访的周五晚上，我去了车站。虽然整整一周没睡好觉，身体非常疲惫，但我还是坐上了回家的巴士，我很想念家人。看到前来接我的爸爸的脸，我的心中涌动着喜悦。

一上车爸爸就问了很多问题。怎么进入N号房的，加害者都是什么样的人，等等。这些问题我已经在采访中回答了不下几十次，实在不想再说了。我掩饰不住疲惫的神色，对爸爸说："爸爸，您去看新闻吧，看新闻，那里面都说了。"说完我紧紧闭上了眼睛。

回到家，不舒服的感觉还在。看着持续报道N号房的新闻，爸爸叫了我。我轻叹了一口气，慢慢来到客厅。爸爸正一脸严肃地看着新闻。他问我：

"加害者犯了罪，这无须争论，但那些受害者是不是也有错呢?"

"这是什么话?爸爸怎么能这么说呢?这件事的责任完全在加害者身上,为什么从受害者身上找问题?"

"不是那样的,火啊……"

我再也不想听爸爸说任何话了,我已经精疲力竭了。我希望听取我们证言的人都能明白问题所在并产生共鸣,而且想当然地认为一定会那样。可是连爸爸都无法理解我,我又怎么能说服世人呢?挫败感油然而生,我跑进屋蒙着被子呜呜哭了起来。

我现在在干什么?就算我这样做,又能改变什么呢?头感到一阵刺痛。天一亮我就收拾行李从家里出来了,没有和爸爸打招呼,我不知该怎样面对爸爸。

第二周也很忙。接受剩下的媒体采访、参加女性家族部恳谈会、与KBS合作、做心理咨询、去警察局申请人身保护等,要做的事情堆积如山。忙碌地过了一周,又迎来了周末。正在犹豫要不要回家,爸爸联系我了。他说要带我去吃肉,于是我回家了。像往常一样,爸爸来接我了。他递给我一杯青葡萄汽水,说我坐了很长时间的车,肯定口渴了,所以特意去咖啡厅买了饮料。他问咖啡店的服务员:"我女儿20多岁,20多岁的人最喜欢喝哪种饮料?"爸爸笨拙的道歉让我有些意外。想到他有些害羞地向别人询问时的情景,我的眼里噙满了泪水。然后我假装打哈欠,迅速擦干了眼泪。

以"追踪团火花"的身份活动期间,我时常面临选择的十字路口。向爸爸征求意见时,得到的回答总是这样的:"火,你想怎么做就怎么做,这就是正确答案。"爸爸是比我自己更信任我的人。因为担心女儿而彻夜难眠,却从未怀疑女儿做的事情,那个人就是爸爸。上周末,因为忘带笔记本电脑充电器,我早早就回首尔了。妈妈发来信息说,爸爸说为了早点见我,特意早早下了班。本来想给爸爸打个电话,但不知怎么很不好意思,于是就发了张自己的照片。照片上的我噘着嘴,张着鼻孔,眼睛瞪得圆圆的。那是一张表情特别好玩的照片。

下周我们一起吃饭吧,爸爸。

丹的故事:爸爸,谢谢您

这是以"追踪团火花"的身份活动后,在首尔各处接受采访期间的事情。因为爸爸每天工作到凌晨,我又几乎都待在外面,因此我们见面的时间实际上很少。所以,虽然知道家人可能会担心我,但是我不了解他们为什么担心、有多担心。

3月第四周的一天,采访结束后,我在深夜乘坐地铁回家,这时外面突然下起了雨。天气预报也没说下雨啊。我给爸爸打电话说自己没有雨伞,拜托他到家附近的车站来接我。电话那头,爸爸的声音听起来既亲切又透露着不放心。远远地,我看到爸爸拿着雨伞向我跑来。看到爸爸的笑脸,我的心里踏实多了。上车后好不容易缓过气来,爸爸开始问这问那。我回答说:"爸爸,我今天做了7个采访,我想静静。"这样说的时候,我的声音已经像山羊的叫声一样带着哭音了。

于是,爸爸担心的话语又接踵而来,以前从没有什么事让爸爸这样担心过。"那些家伙是光脚的不怕穿鞋的。大人们都难保不被他们算计,如果他们知道你们是女人,年龄又小的话,肯定不会放过你们的。就算眼下没事,说不定坐完牢出来后也会实施报复。"其实我也很担心,只是没说出口。爸爸的话突然触动了我敏感的神经,我的情绪渐渐激动起来。

"爸爸!我很累,别说了!明天我还要去医院接受心理咨询,您就别担心了!"

"心理咨询?在哪里?"

"在首尔,《国民日报》帮忙联系的。所以您就不用操心了。"

"不行!就在家附近找找吧,别让其他人知道,爸爸会帮你打听的。"

"不要!我现在就需要心理咨询!我感觉自己都要死了!"

我对着爸爸大吼大叫……而且,我说的都是些什么话!瞬间,车里变得无比安静。我太过分了。

"对不起,爸爸。没有我说的那么严重的。"

"哎哟,丹啊。爸爸都不知道,原来你那么辛苦。对不起……"

那天以后,每次见到爸爸我都觉得很抱歉。还有,谢谢爸爸总是先照顾我的心情。谢谢他成为我的爸爸。

火的故事:我的变化,社会的变化

2020年年初,我来到了首尔。每天早晚都要去学校上课,早课结束后,我就坐在咖啡厅里,边吃三明治边听网课查漏补缺,到了晚上就接着去上晚课。作为一个面临就业的大学生,我的生活像即将高考的高三生一样紧张。这样过了两个月,不知不觉间到了3月。

3月末,以前我们主动联系都没有回应的大小媒体开始纷纷向我们发出采访邀请。除了接受媒体采访,还有参加各种恳谈会,前往警察局,联系受害者,创作YouTube剧本,拍摄视频等事情。我分身乏术,没办法,只好办理了休学。

因为我经常在媒体上露面,父母的担忧达到了极点。妈妈不时打来电话问我:"能不能直接回家?我知道这是应该做的事情,但我不希望自己的女儿去做。"可在我看来,如果这是必须有人做的事情,那么那个人就是我。

朋友劝我把 KakaoTalk 上的照片都删掉。我听从了朋友的建议,把从前上传的 50 多张照片都删除了。后来看到 MBC 记者中竟然也有"博士房收费会员",这让我觉得当时幸亏听从了朋友的建议。传到 SNS 上的全家福照片和男朋友的照片也全部删除了。如果真的有人攻击我的家人和恋人,我觉得自己可能会受不了。我真的很害怕。

一次在地铁站,有个女人一直跟着我,吓得我每次坐地铁都提心吊胆。就算要多走一段路,我也会去离家远的车站坐地铁,如果目的地很近,就选择坐出租车。因为还不熟悉首尔的公交线路,所以如果着急必须坐地铁的话,隔 5 秒钟我就会环顾一下四周。

最近我仍然经常担心某处藏有非法摄像头,因此十分不安。公共卫生间就不用说了,就连现在租住的房屋也让我感到不安全。一个人在家的时候我一般穿得比较随意,但是躺下准备睡觉时,有时会突然想,如果空调上安装了摄像头怎么办?大概在调查取材和收集证据的过程中,我产生了不安和妄想。事实上这种担心并非庸人自扰,前年就出现过出租屋中发现非法摄像头的报道,看到类似的新闻后,我自然对自己的居住环境也产生了怀疑……

也许以前那种平凡的日常生活已经一去不复返了。虽然有时会怀念过去,但我不后悔。因为不仅我的日常生活改变了,我们的社会也改变了。2020年5月,《N号房防止法》出台,对数码性剥削犯罪的量刑也比以前加重了很多。看到社会上发生的这些大大小小的变化,就会觉得自己做了有价值的事情,内心感到非常欣慰。当然,要走的路还很长,但变化之风已然吹起。

第 7 章 "追踪团火花"的开始

火的故事：今天的苦恼

我的人生计划是这样的：

26 岁，做电台记者。

32 岁，生个小火。

50 岁，用以前努力赚的钱连续 10 年环游世界，直到 60 岁。

60 岁，把 10 年旅行的所见所闻写成书出版。

这是我小时候制订的天马行空的人生计划。但阴差阳错，我还没找到工作就先写了书。30 年后的计划现在就提前实现了，其他的计划则全部落空。想想正在写书的自己，我经常会突然笑出来。

大学毕业之前，我的压力很大。学校普普通通，学分普普通通，以如此普通的履历投入就业大军，想想都感到害怕。经过思考，我决定把平时疏忽的学习作为突破口。进了研究生院我便下了决心努力学习。对于父母的希望我尽快就业的期待，我努力假装不知道，只管在首尔拼命学习。

2020年3月份，N号房事件终于浮出水面。随着这一事件进入公众视野，"追踪团火花"成为媒体争相邀请采访的首要对象。我比任何人都希望N号房事件公论化，但不可否认的是，我的日常生活却因此变得杂乱无章了。由于之前上的课一次性交满4个月的学费就可以打折，我提前交了学费，可现在我根本没时间去上课。

现在住的房子一个月后就到期了。因为在首尔，房价很贵。写完书后要不要回家住？在房价相对较低的小区租个房子搬过去会好一些吗？眼下要做的事情这么多，什么时候去看房子呢？还没有找到工作就租了房子，如果以后工作的地方在别的地区呢？……一连串的难题困扰着我。

从前制订的计划已经落空很久了，未来也充满了不确定。如果想以记者身份继续活动下去，该怎么做才好？我无从得知。继续以"追踪团火花"的身份活动吗？还是准备报社的公开招聘考试？

作为"追踪团火花"进行活动时，很多记者曾问我们："没有地方表示愿意直接录用你们吗？"不久前我还遇到一个记者一脸高兴地向我祝贺："听说你被××日报破格录用啦？"

"啊？没有的事，如果真那样就好了……"

也有记者说:"干吗进报社啊!开一家'追踪团火花'自己的报社不就行了吗?!"可是,我们首先要解决生存的问题,还有我们也不清楚警察能保护我们到什么时候。

就这样,我一直苦闷着。到底什么才是正确答案?真的存在所谓无悔的选择、完美的答案吗?未来仍然不确定,但只要慢慢向前走就可以了。尽力做好手中的每一件事,总有一天我会相信这些都是最好的选择。歌德说过,人生最重要的不是速度,而是方向。我相信自己是向着正确的方向在前进,想到这里,我告诉自己,不要着急。

丹的故事:我们不是花,而是火花

"火,你也想采访非法拍摄的事情吗?我们要不要一起写?哦,你写的是非法拍摄××,我们的素材不太一样,合起来会变得很乱,还是各自写吧。"

报道写作课,我和火的素材重了。我隐隐有些好奇火的报道会怎么写,毕竟我们的素材差不多,两个人是竞争关系。

结果教授说:"你们俩的选材和关注的领域都差不多,一起去参加比赛怎么样?""反正又没坏处,试试看吧。这么好的机会可不多，比赛的奖金也很可观。名字叫'深度报道'征集活动！"

"我们的队名叫'火花'怎么样？"

"好啊！"

为什么叫"火花"呢？

至少有几百人好奇我们的队名为什么叫"火花"。首先，肯定是考虑到人身安全所以采取了匿名的形式，这个不难猜到。至于为什么叫"火花"应该也不难猜到。

最近给性暴力预防教育讲师们做过一次演讲。当时也没有人问"为什么你们取了火花这个名字"。我心想，听众可能是事先进行过调查吧。演讲结束后，正往外走，有人问我们：

"你们为什么叫'火花'呢？是看了电视剧《阳光先生》中的名台词'我也是花，但我是火花'，所以叫这个名字的吗？"

"我们没看过那部电视剧，哇，还有这么好的意思呀？"

"啊，意思大致是正确的。"

"对吧？这个名字起得真好！"

2020年4月，参加女性家族部部长主持的紧急恳谈会时，部长说我们的名字起得好，充满了力量。

《国民日报》报道《N号房追踪记》后，我们在接受很多媒体采访时都曾说："因为我们点燃了公众对数码性剥削犯罪事件的关注之火。希望这一事件像火花一样点燃燎原之势，所以队名叫'火花'。"在思考为什么叫"火花"的过程中，我们发现了更多好的答案，内心也因觉得"队名起得真好"而无比欣慰。我们不想指定其中任何一个答案，只要是大家认为正面向上的含义，我们都没有意见。比起名字的含义，我更愿长久地思考我们，"追踪团火花"在做什么活动，为什么做这项活动。相信我们的行动会给"火花"最好的定义。

"我们不是总有一天会凋谢的花，而是燃烧的火花。我们要切断把女性视为漂亮的花朵，最终和性器官画上等号的父权制和资本主义的纽带。我们不是花，而是火花！[①]"

火的故事：公开长相

刚开始写 N 号房报道的时候，我们就使用了"火花"这个名字。由于加害者们曾把报道女性问题的记者的照片，以及上传到 SNS 上的女性照片用于熟人凌辱，所以我担心如果身份被公开，我们也会受到类似的伤害。匿名报道是避免发生不测的最基本的对策。

[①]"我们不是花，而是火花"是 2018 年女性团体"不便的勇气"举行的谴责"非法拍摄偏袒调查"的示威标语中经常使用的句子。——编者注

2020年3月，事件公之于世后，我们接受了众多媒体的采访。虽然采访视频被打了马赛克，但身边的人通过剪影和声音还是可以猜出我们是谁，因此我们一度非常担心。父母看到马赛克处理得不太好的一段电视采访后，担心地说："怎么看都觉得能看出是你，这样真的不会被别人认出来吗？"我理解家人和朋友们的担心，但偶尔会想，今后要不要干脆露脸活动。我没做错任何事情，可每次都不敢露面，让我非常郁闷。反倒是露脸后会减少很多限制，可以做更多的事情。从2020年3月开始，内心做了不下数十次激烈的思想斗争，但答案都是"不行"。我们以匿名的方式发布新闻报道的时候，最担心的只是"合成（照片）凌辱"。但现在，"追踪团火花"的所有信息都被公开了，我们无法预知还会有什么新的危险。就算眼下没有危险，我们也始终无法放心。

我还担心，如果自己已经被偷拍并曝光了怎么办？虽然有关我的影像并不为很多人所知，但如果我的身份被公开了，万一有人宣扬"这段视频里有'追踪团火花'的成员"，这会不会一下成为不法网站的"人气作品"？前不久我去一家经常去的咖啡店的卫生间，看到以前从没见过的芳香剂，我又紧张起来。到底什么时候才能消除这种不安的心理呢？

我还担心遭到周围熟人的背叛。想到自己的同学、朋友、邻居中有人可能是加害者的事实，真的不寒而栗。数码性剥削犯罪中的熟人凌辱的可怕之处就在于，明明知道犯人就是熟人，却很难抓到他们。这个世界已经很难让人相信，如果连朋友都要怀疑的话，那就太可怕了。什么时候能彻底解决这一事件，让我可以安心露面呢？这样的世界什么时候才能到来？

丹的故事："追踪团火花"是"女性"，也是"两个人"

在一次公营广播收音机节目中，一位父亲辈的男主持人说了一番表示对我们两个人担心的话，话中透露出"非专业的、年轻的女大学生应该放手，让成熟的媒体继续进行采访"的意思。火很无奈，我则直接骂人了。以前要求采访N号房事件时，我们提供新闻线索的时候什么意见都没有，现在表扬我们的同时让我们放手？N号房的加害者主要针对的是年轻的女性，因为"追踪团火花"也由年龄相对比较小的女性组成，所以如果他们担心这一点也情有可原，可以理解。但是，最好不要再指手画脚了吧！"作为记者我们做了该做的事情，唯一的遗憾是感觉自己做得还不够。年龄和性别一点都不重要。"

"请问'追踪团火花'一共有几个人？两个吗？而且两个都是

女性？那样的话，就更了不起了。"

这是一个有事要找我们的人和我们取得联系后说的第一句话。对方说我们是女性，所以更了不起，但我不那么认为。只要是有决心打击数码性剥削犯罪的人，最后都会成为"追踪团火花"的一员，不管是女性还是男性。对他们来说，不可能只是眼睁睁地看着处于困境中的受害者们坐视不理，至少我们是这样的。

我又想起那些真心向我们表示感谢的人向我们表达善意的美好瞬间。这是最近去演讲时发生的一件事情。演讲过程中我们给听众分发了自己的名片，上面写着联系业务用的手机号码。那天，在回家的地铁上，我收到了这样一条短信：

我是刚才问你们的队名是不是来自《阳光先生》中的名台词的那个人。到这个年纪了还是爱害羞，但有些话我一定要说，所以发了这条信息。

看电视时我曾和女儿说过那些进行独立运动的勇士，比如同三星斗争的人，还有同检察机关的不正之风斗争的人。进入2020年后，在我看来"追踪团火花"也属于这部分人。下次看新闻的时候，我要告诉女儿另一种意义上的独立运动家。

虽然这个号码不是你们用来接收私人感情的，但这一次就暂且这么用吧。衷心感谢你们。

第一，不带任何偏见地看待我们。第二，虽然害羞，但还是鼓起勇气表达感谢之情。第三，会自豪地向下一代介绍我们。这让我们非常感动。原来真正发自内心的感谢是这样的啊！

　　为了分享喜悦的心情，火和我没有直接回家，而是拖着疲惫的身体跑去吃我们爱吃的麻辣烫了。

第三部分

一起燃烧

"追踪团火花"始终铭记,"现在才刚刚开始"。2020年是非同寻常的一年,我们写的N号房事件相关报道虽然被雪藏,但今年3月,国民和政府对数码性剥削犯罪的态度已经发生了巨大的变化,令人感慨万分。大多数人已经认识到,数码性剥削犯罪是严重的犯罪,它并不比现实中的性剥削犯罪轻。作为生活在这片土地上的女性,我们深感欣慰。虽然内心一直期盼着这一事件能得到妥善处理,但社会对受害者的过分关注让我们的内心轻松不起来。为了不放弃这份希望,我们写下了这本书。出发点就是将数码性剥削犯罪的罪恶用文字的形式记录下来,不让相同的事情再次发生。

2020 年开始

"追踪团火花"始终铭记,"现在才刚刚开始"。2020 年是非同寻常的一年,我们写的 N 号房事件相关报道虽然被雪藏,但今年 3 月,国民和政府对数码性剥削犯罪的态度已经发生了巨大的变化,令人感慨万分。大多数人已经认识到,数码性剥削犯罪是严重的犯罪,它并不比现实中的性剥削犯罪轻。作为生活在这片土地上的女性,我们深感欣慰。虽然内心一直期盼着这一事件能得到妥善处理,但社会对受害者的过分关注让我们的内心轻松不起来。为了不放弃这份希望,我们写下了这本书。出发点就是将数码性剥削犯罪的罪恶用文字的形式记录下来,不让相同的事情再次发生。

过去一年多的时间里,我们目睹的数码性剥削犯罪令人发指。可以说,我们无时无刻不沉浸在自己的照片、视频在虚拟空间里被广泛传播的恐惧里。我们接触过的一些受害者表示,不管吃饭、走路,还是和朋友一起玩,都会被"如果有人认出我该怎么办"的不安感折磨。还有，如果手机上弹出朋友发来短信的通知，也会感到心突然一沉，担心"朋友不会是看到我的照片了吧"，她们很想回到事件发生之前，希望能像以前一样无忧无虑地过安心的生活。

每次去公共洗手间，我都会冒出这样的想法：如果这个孔里有偷拍摄像头怎么办？"××大学（我们就读过的学校）出租屋非法拍摄视频"传开的那一刻，"我应该还没有被偷拍过"的确信似乎变成了错觉。当看到与我同龄的受害者自杀的新闻时，我才知道这种感觉是对的，偷拍就是发生在我们身边的、现实中的暴力。因为我一直抱有的是一种侥幸的心理。最近，只要看到"非法拍摄""数码性剥削犯罪"的相关报道，我就会感到深深的痛苦，仿佛受害者的心脏和我相连着。那种感觉就像是有人在用针扎着自己的心脏。

网络普及以来，21世纪初的网络文化是由男性主导的。[①] 那段时期，除了海螺网，以男性为中心的网络社区也上传过无数"非法拍摄视频后记"。2020年，一些网络媒体和"10代"日刊（即面向十几岁的年轻人的日刊）《新闻在线》等仍然动辄用女艺人或名人上传到SNS上的比基尼照片写"新闻"，媒体一味追求所谓的"点

[①] 摘自2020年6月12日金裕香（国会立法调查官）在第17届科学交流论坛"性犯罪黑洞，诊断网络世界"上的讲话稿，该讲话稿题为《数字时代进化的性犯罪和法律制度应对方向》。——编者注。

击率",直至将女性性对象化。

在把对女性的性剥削当作娱乐、赚钱手段的国家里,从作为女性出生的瞬间起,如果不想遭遇非法拍摄和数码性剥削犯罪,或者想对加害者加以追究,就需要付出巨大的努力。假如受到数码性剥削犯罪的侵害,首先需要本人提供证据证明自己就是受害者本人。如果希望加害者得到应有的处罚,受害者还要站出来做证。从始至终,犯罪者受到的处罚程度都取决于受害者的努力程度。在韩国,一个女性要真正控诉自己遭遇的数码性剥削犯罪,就必须以牺牲自己的日常生活为代价。

据估计,数码性剥削犯罪的类型至少会超过数百种。光是有名字的那些,就有数码性剥削、熟人凌辱、Deepfake、非法拍摄、网络骚扰、网络诱骗等,这些骇人听闻的罪行往往是同时发生的。直到2020年,韩国才认识到数码性犯罪也是"犯罪"。每次爆出案件时政府和司法机关都会信誓旦旦地声称要组建"临时工作组",严惩罪犯,但仅靠这些是无法根除数码性剥削犯罪的。除了警察厅里的网络调查队,目前韩国还迫切需要成立一个由中央政府指挥的专门负责处理数码性剥削犯罪,乃至虚拟空间犯罪的"常设组织"。

拘捕"博士"一周后

2020年3月17日,"博士"赵周彬被捕,以博士房为代表的N号房事件再次受到舆论关注。这一时间点距离《国民日报》头版连载完《N号房追踪记》(3月10日开始连载,至3月13日结束)不到一周。

去年7月,我们停止的时间又开始流动了。赵周彬被逮捕一天后,《媒体今日》发出了对我们进行采访后写的报道[1]。采访者介绍我们时表示,我们是最早对Telegram N号房事件进行调查和报道的"追踪团火花"。

当时,以"Telegram N号房事件""性剥削视频"为标题的新闻大行其道,很多媒体报道的相关新闻充斥着性别歧视观点和猎奇性字眼。记得我们曾呼吁遵守性暴力报道准则(2006年的《韩国女性民友会附设性暴力咨询所性暴力报道指南》和2018年的《韩国记者协会女性家族部性暴力/性骚扰事件报道认同基准及实践纲要》)。由于案件调查有了不小进展,我们带着轻松的心情接受了采访。因为主要加害者已经被抓,我们决定相信媒体。结果,一些报道把N号房事件写成了"八卦新闻",甚至还有用"淫秽物""不

---

[1] 该篇报道题为《"Telegram N号房"最初的举报者至今无法删除Telegram》,由记者郑敏京撰稿,于2020年3月18日发布在报纸《媒体今日》上。

雅"等制造噱头的"标题党"。这些媒体主要是照抄调查类电视节目（MBC《真实调查》、SBS《好奇的故事Y》和JTBC《李圭延的聚光灯》）的内容的网络媒体。

很多人不知道，赵周彬到底犯了什么罪，报道中反复出现的"Telegram""博士""性剥削""门罗币"等词语又是什么意思。不过一两天的时间，《韩民族日报》《国民日报》连载的博士房、N号房相关报道再次受到关注。"博士"赵周彬不仅在Telegram中对数十名女性进行性剥削，并从数万名成员那里收取加密货币，还交易性剥削影像和受害者的个人信息，这些犯罪事实逐渐为世人知晓。Telegram中的性剥削犯罪泛滥之时，从未发表过任何新闻报道的大多数媒体，在赵周彬被抓后改变了态度。

不少媒体以"恶魔赵周彬"等为题展开了加害者叙事，另外他们还将关注点放在了同一时期被抓获的加害者们的家庭情况、学业成绩和将来的理想上。媒体一一列举了造成加害者犯罪的原因后，又提到受害者曾在网络社交媒体发布过"不雅内容"、穿着暴露等，以加害者为中心进行报道，这与"受害者有罪论"的观点没什么两样。他们声称，由于很难采访到受害者，所以无法得知受害者内心的想法。这种做法无形中助长了"受害者也有错"的社会舆论。对此，牵制和监督媒体权力的市民团体"民主舆论市民联合会"发表紧急评论称，"应摒弃对加害者给予免罪符，同时将责任转嫁给受害者的报道",指出了过度报道中存在的问题。

由于大多数媒体在 Telegram 发生数码性剥削犯罪时没有进行调查,因此无法进行相关的"犯罪现场卧底报道"或"受害者保护对策"等社会所需的采访和报道。也许一些媒体会说:"当主要加害者被抓获,国民的注意力集中在赵周彬身上时,首先要介绍清楚他是谁,下一步才能根据国民的认知水平报道数码性剥削犯罪。"可是,媒体缺乏的并不是准确的报道时机,而是伦理意识。

赵周彬被捕的那一周的周末,我们开设了 YouTube 频道,希望能向尽可能多的人宣传该事件的严重性,并纠正过度报道中的错误。上传了名为"Telegram N 号房最初报道者纠正事实"的第一段视频后,第二天开始,记者们"想采访'追踪团火花'"的各种联系纷至沓来。在主犯被逮捕,调查取得进展的情况下,如果媒体把注意力分散到不是事件的加害者的我们身上,我们担心这会给问题的解决带来负面作用,所以非常犹豫。但是,我们作为事件的目击证人,有些事情必须做。如果这一次再虎头蛇尾地结束,那我们可能无法再在这个国家生存下去。我们决定暂时搁置就业或留学的计划,丹不去打工和学习的聚会了,火也从一直在上的培训班休学了。我们决定尽量多在媒体上发声。

"每个人都有固定会看的节目,所以我们尽量多接受媒体的采访,一定要让所有人知道 N 号房事件的严重性以及 N 号房事件现在还处于进行时的现实。"

2020年3月23日,周一。接受完两家媒体的采访后回到家里,我们的心情非常好。邮箱里收到了大量记者邀请我们进行采访的邮件。虽然要做的事情堆积如山,但一想到现在很多记者都已经开始关注这一事件,我们终于稍稍放心了一些。最开始,很多媒体将发生在Telegram中的数码性剥削犯罪全部称为"N号房事件",因为如果把"N号房"写进题目,报道的点击率就会上升。但事实上,他们根本分不清N号房和博士房。

N号房到底是什么地方,数码性剥削是什么,是否见过受害者,从什么时候开始追踪的,是否与警方进行了合作,等等,幸好这些记录资料还没有从笔记本电脑中删除。其实就算删除了也没有什么,因为所有资料早已被储存在了我们的大脑中。

我们既是目击者又是受害者。也许是要解决事件的决心过于强烈,我们一直处于唤醒状态[①],所收集的资料中的每一句话都在脑海中不断重放。所以,当记者问"听说加害者说了这样的话,有相关资料吗?"时,我们能立刻给出回答:"那段话是在别的情况下说的,我们把资料一起发给您。"大脑仿佛已经具备了相册功能,那些围绕截图和照片展开的、关于事件的来龙去脉的记忆至

---

① 心理学名词,指的是一种警觉状态。——编者注

今仍保存在我们的脑海里。一度在漆黑的加害现场中停止的我们的时间，在阳光的照射下又渐渐流动起来，我们的双腿和心灵都做好了奔跑的准备。

2020年3月24日，周二。包括电视台和报社在内，我们共接受了6家媒体的采访。过去几个月我们还因无人关注而心急如焚，现在真庆幸当初没有放弃。下午3点开始，我们在汝矣岛先后接受了KBS、MBC、CNN（一个美国的电视频道）的采访，其中MBC采访了我们两次。晚饭时间不能回家，我们就在附近吃了麻辣烫。因为今天的最后一项日程——《首尔新闻》①和YTN的《卞相旭新闻之夜》节目组的电话连线采访还在等着我们。

匆匆吃完饭，我们在旁边的咖啡厅租了一个学习室。丹接受现场电话采访，火接受《首尔新闻》的电话采访。采访之前对方都给出了提问清单，我们事先做好了准备，所以不难。但是电话采访的特殊性要求受访者必须在安静的房间接电话，所以丹在学习室，火则在楼梯紧急通道接受了采访。因为是第一次接受现场电话连线采访，我们都很紧张。

当YTN电视台的主持人卞相旭问到"从去年7月至今，调查N号房事件时有没有遇到什么困难，或接到一些意见不同的反馈"

---

① 在韩国首尔出版的日报，是韩国历史最悠久的报纸。——编者注

时，丹哽咽着流下了眼泪。因为之前遇到的都是"N号房和博士房是不是不同犯人进行性剥削犯罪的聊天室"之类的问题，一想到我们活动期间发生的事情，丹的情绪不由得激动起来。事实上，2019年9月我们就发出了相关报道，但几个月的时间里我们没有得到任何反馈。时隔6个月的2020年3月，采访我们的记者们对我们说，我们的报道会不会造成二次伤害？会不会反而起到替N号房做宣传的作用？回答完这些，丹迅速让自己平静下来，然后用平稳的声音回答到最后一个问题。

2020年3月25日，周三，晚上。啊，早知如此，平时就应该好好运动，储备体力……也许是体力透支的原因，昨天还取笑丹哭的样子的火在采访中也流下了眼泪。看到火哭泣的样子，丹也跟着哭了，进行采访的PD也抹起了眼泪。这是何等尴尬的情况啊。我们互相打趣着，哭完了又开始笑，最后都说是因为太累了才会这样。周三上午6点CBS[①]的电话采访、下午1点《中央日报》的第一场采访、3点《中央日报》的第二场采访、3点30分民营新闻通讯社"新闻1"的采访、4点30分JTBC电视台的"报道局"的采访、6点JTBC电视台的"聚光灯"的采访、6点

---

① 指韩国CBS电视台。——编者注

30分TBS①的电话采访、7点《韩民族21》的采访、9点KBS的采访，这一天一共进行了9次采访。因为没有时间吃饭，《韩民族21》把采访地点安排在了中餐馆。那天，我们来回经过了好几次汉江大桥。

2020年3月26日，周四，下午。我们接受了和周三数量差不多的采访。那天睡了一会儿，看到受害者的短信时我们哽咽了。下午3点，我们参加了"《国民日报》特别采访组·火花座谈会"，本以为只会被提问，没想到我们还收到了一张纸，上面印有一串精神科专家的名单，原来报社为我们提供了做心理咨询的机会。看得出来，为了方便我们前往，报社特意将地点进行了筛选后才推荐给我们。我们真的非常感谢他们，内心也获得了很多力量。同时我们也想，我们能心安理得地接受对方这样的帮助吗？火不时用那张纸遮住脸，哽咽着回答一个个问题。"如果难过就休息一会儿再说吧。"就这样，本该一个小时左右结束的采访，足足用了两个小时才做完。

2020年3月26日，周四，午夜。我们联系了《国民日报》的朴前辈。

---

① Traffic Broadcasting System，中文名韩国首尔交通放送，是韩国的一档交通广播频道。——编者注

"前辈，那个……我们可不可以明天就去医院？"

第二天，朴前辈带着医疗费来到了YTN采访我们的地方。他说，虽然联系得比较突然，但他找到了一位愿意马上接待我们的心理医生。我们还与江原地方警察厅取得了联系，申请了人身保护。整整一周都在马不停蹄地奔跑，但有种预感告诉我们，现在才刚刚开始。

让受害者回归正常生活

"借助公营广播的力量，尽可能多地进行那些可以让受害者得到实质性帮助的报道吧。"

2020年4月国会选举之前，我们与KBS合作了约3周的时间。这期间，我们见到了受害者K，并听到了她的故事。能和K见面可以称作一个奇迹。之前，一些媒体在报道中虽然没公开受害者的真实姓名，但详细介绍了个人信息，通过这些很容易推测出受害者是谁，这种事情已经发生过不止一次了。这次受害者选择了相信我们，我们不能辜负她的这份信任。

"您只回答能回答的问题就行了。"

为了减轻K的心理负担，我们这样说。K从我们准备的20个问题中挑选了10个左右来回答。作为"追踪团火花",我们感到愧疚的一点是,直到这天我们才获知"博士"赵周彬威胁和折磨受害者的方法。因为这是连媒体都无法接触到的内容,所以很少有人能完全理解受害者为何会遭受这样的折磨。听K讲述的过程中,痛苦的感觉布满了全身的每一个毛孔,我们只觉得全身寒毛倒立,眼泪在眼眶里打转。K说:"受害者们经历的痛苦,仅用'性剥削'一词是无法概括的。"

采访结束后,又过了几天,KBS记者带来了好消息,说警方愿意帮助在节目中出现的受害者。我们迫切希望能尽量多帮到一名受害者,让她们早日回归正常的生活。

以下摘录了我们和KBS共同采访受害者后写的与受害者经历有关的报道的部分内容。

"我只希望我的部分快点结束"——博士房受害者经历的"地狱"

■ **"不是单纯的'性剥削',是'仿佛要杀了我'的恐怖"**

2019年12月的一天,K在Twitter上看到了一则"高收益兼职"的广告。好奇的K联系了广告中留下的Telegram ID,对方是一名男性,他给K看了成捆的现金和存折的照片,另一名男性则负责和K对接,然后开始要求K发送照片。

"他们让我发10张露脸的照片。我想这也没什么,就发过去了。结果,他们的要求越来越多,又让我'拍一下手',大约一个小时后,他们的话越来越露骨,他们说'发张裸照吧',我说这个不行,结果对方就威胁我说要把我的照片传到Telegram上。"

除了用照片威胁K,该男子还说K敲诈自己。男子是通过一个聊天室给K打的钱,但当时该聊天室突然被解散,男子质问K是不是和聊天室的人串通好了,骗自己打钱。

"'你是共犯吧?'说着,他把我的照片重新发给了我,每秒钟都不断发来'你想完蛋吗?'之类的辱骂。如果我不看信息,他就会说'赶紧给我回信息''不准开小差'。给人的感觉是如果不照他说的办马上就会有我好看的……他还在我的照片上涂鸦,然后发过来。"

后来这个男人还要求K把身份证照片也拍下来发过去。说假如K不是共犯,就要提供让人信服的证据。他还发出了具体的指示。

"(拍摄视频时)经常让我说到'朴社长'。在一分钟之内要摆出特定的姿势,然后对着麦克风说'朴社长我错了'等他们提前写好的台词。"

这个男人还要求K和他见面。

"'你坐出租车来首尔××,我会派人过去,然后见面商量吧。

你不是共犯,这点诚意都拿不出来吗?'我说不行,对方说'那我就把照片都传上去',然后开始笑,最后他说'你去死吧,疯××',然后挂断了电话。"

挂断电话以后,K决定报警。去警察局之前,整个晚上她都在网上搜索,找到有她的照片的Telegram聊天室用了不到30分钟,聊天室的名字是"'博士'资料集锦""'博士'样品共享房"。

"我的照片已经全被传上去了……聊天室不是会显示房间里有几个人吗?上面显示里面有2600人。他们给所有的受害者都起了绰号,比如'××女',给我也起了这样的绰号。"

从最初通过Twitter与对方取得联系,到男子挂断电话,这期间辱骂和威胁信息不断发来,K感到了深深的恐惧,这段时间虽然只有3个小时,但在这段短短的时间内拍摄的照片和视频在一年后的今天仍在被传播,而且不知道会被传播到什么时候,想到这里K就陷入了无尽的恐惧。在向媒体披露受害事实的过程中,K对有关Telegram聊天室的性剥削犯罪的报道也表达了不满。她说,单纯用"性剥削"一词是无法形容受害者受到的伤害的。

"不是性剥削的问题,而是……如果不照他们说的做的话,感觉他们会把我杀掉……就像他们马上就会找过来……可(报道中)完全没有提到这些。所以人们看到'高收益兼职'这个词后,会说'受害者也有问题吧'。开始时谁也不知道情况啊,我也觉得自己像个傻瓜。但实际情况是，来到兼职网站，能看到很多'寻找酒吧兼职'这样的广告，我还以为是做那些呢。"

■ "我庆幸的样子最让我痛苦……我只希望我的部分快点结束"

但是，K最痛苦的记忆并不是看到被上传到聊天室中的自己的照片或者被威胁。K报警后，正如前面所说，因为担心自己的照片被泄露到Telegram聊天室，于是装成普通用户进入了"'博士'资料集锦"和"'博士'样品共享房"查看情况。

"有一天，聊天室的管理员说'现在是晚上，天气也不错，我们来个投票怎么样'，接着他发出了我和另外3名受害者的名字，说'4个人中得票最多的人，资料会被公开'。我是第二名，我觉得这真是万幸，我……"

K坦言，看到其他受害者的资料被公开，自己却因此庆幸，这是最让她感到痛苦的。

"聊天室的代表照片就是我的照片。换照片的那一天，我同样松了口气。照片换成了一个看起来比我年轻的女孩的脸，我觉得真是万幸。我不是在埋怨聊天室的人，我只是希望我的部分能快点结束。"

K还证实了博士房的管理团队有组织地剥削受害者的情况。

"有人上传了在车里发生性关系的照片，好像是当事人自己拍的。发的时候还说'"博士"派我把她也××了''你们也对"博士"好点'等。'博士'手下的人少说也有四五个人。以前看到过有人说'我这个月的工资是×××'。"

之前威胁K的男子很有可能也是"博士"赵周彬的手下。K虽然拒绝过该男子让她去首尔某处的要求，但在对方的威胁下，她最终还是去了该地点。她说遭到性剥削的女性很多，她本人也非常痛苦。

■"天气好的时候晒晒太阳，下雨的时候淋一次雨……希望大家都能坚持下去"

K正在慢慢回归正常生活，不过，说起那时的事，她仍然会流泪，觉得很痛苦。但她仍然鼓起勇气向采访组讲述了自己的受害事实和内心想法，原因是"想知道受害的女性们是否都平安无事"。最后，我们在此转达K想对受害者说的话，她反复强调，不要放弃，一定要坚持下去。

"那天睡醒后什么都没想，来到客厅坐到了地板上。那天的阳光特别明亮、特别温暖，突然我开始流眼泪，真的感觉好久都没看到天空了……久违地通过皮肤又感受到了什么的感觉。我想，啊，我还活着啊……说实话，我不期待今后会发生多大的变化，也不会期待会有更多的加害者被捕。我也不指望我的那些照片消失得干干净净，每次快要淡忘的时候就发现又出来了，如此很多次……今后肯定还会在别的地方传播。但是我要活下去，所以，真的希望大家都坚持住，虽然我每天过得也很难。天气好的时候晒晒太阳，下雨的时候淋一次雨……就这样，希望大家都能坚持下去。"

KBS NEWS 记者 金智淑 ד追踪团火花"

（摘自 2020 年 4 月 19 日新闻）

日常中的性剥削犯罪

与 KBS 合作时我们遇到了熟人凌辱的受害者崔某。我们通过 SNS 联系到她，并告诉她将通过广播报道帮助她将这一事件付诸公论。从那时开始，崔某需要不断证明自己因熟人凌辱遭受了多大痛苦。由于该犯罪是发生在网络空间的性剥削犯罪，调查机关通常无法逮捕加害者，就算加害者是受害者的朋友也无法抓住，而且受害者随时随地都有可能再次受到伤害。

包括与崔某见面的地点在内，很多事情都需要事先进行周到的协调。可以推测出崔某的真实身份的地点都要排除，但如果去汝矣岛的 KBS 摄影棚，就赶不上和拍摄组预定的采访时间了。当天 9 点的新闻中这段采访就要被播出，所以分分秒秒都很宝贵。最终，我们把位于我们的住处和崔某住处中间位置的地点定为见面地点，KBS的记者为我们找好了一个让崔某可以安心说话的安静的室外空间。

崔某在回答采访问题的时候一直很坚强。采访结束，我们互相拥抱。遗憾的是当时我们没能说些温暖的话。回KBS演播室的路上，我又想起了双手冰凉的崔某，真想请她吃一顿热乎乎的饭啊。

对崔某的采访顺利结束了，但是在9点新闻直播前的两个小时，可能使采访无法如常播出的危机发生了。崔某和其他熟人凌辱的受害者联系过，崔某的担心是如果被报道，会造成二次伤害，而其他受害者则担心，崔某看起来会像是代表了所有受害者。我们表示会支持受害者的选择，并在报道后和她们共同努力。很多人认为熟人凌辱不算数码性剥削犯罪，而且总是把责任归于受害者的"放飞自我"，崔某和其他受害者都对此深感无奈，最终她们同意进行报道。之所以冒着受到二次伤害的危险同意报道，是因为她们有一个愿望，那就是人们不要再给她们打上"受害者也有问题吧"的烙印，还有，抓住所有加害者。真心希望她们能尽快恢复正常的生活。

为了让受害者崔某获得国家援助，我们一直没有停止与她共同努力。

受害者在我们身边

遗憾，愤怒，失落……每次面对数码性剥削犯罪事件，我们的情绪就会不由自主地变得激动。数百种类型的数码性剥削犯罪被媒体缩小为N号房事件和博士房事件两种。不受社会关注的数码性剥削犯罪的受害者很难得到应有的援助。不仅如此，受害者还责怪自己。我们应该认识到数码性剥削犯罪的严重性，倾听各种不同的声音。只有这样，才能以民主的方式保护受害者。

我们见到的受害者感受到的痛苦都不一样。虽然这样说很惭愧，但我们并不是很了解为什么她们受到了伤害。面对受害者的短暂瞬间，我们内心的社会固有观念轰然倒塌。我们不是受害者，所以只能努力站在受害者的立场上提问。这是基本的礼貌，也是作为采访者应该具备的态度。一直以来，韩国社会都习惯对受害者说"为什么这么晚还出去转悠""为什么穿这么短的裙子"等，这些话等于在说受害者受到的伤害是自找的。还有人说着"遭受性剥削犯罪的人能笑得那么灿烂吗？""如果是我，会羞得一辈子说不出话来""有证据吗？真是个狐狸精"之类的话，以此堵住受害者的嘴。

理解受害者，需要的是不单单以受害事实判断她生活的全貌，且尊重其个人生活的态度。我们将共同努力，让性剥削犯罪受害者敢于站到证人席上。这条路上，希望大家与我们同行。网络空间内发生的加害的形式对大多数人来说还比较陌生，受害者和加害者的年龄也越来越小，因此国民有必要了解数码性剥削犯罪的形态。下文将介绍几例在韩国社会不断肆虐的数码性剥削犯罪的事例。

事例一："N号房的前兆，"A×""

2020年4月初，JTBC的记者联系了我们。"2018年JTBC追踪过非法拍摄的影像的流通途径，一年后的2019年，'追踪团火花'调查采访的N号房事件引起了公众关注，我非常想和二位见一面。"4月的一天，我们在一个咖啡厅见到了他。

2018年7月，JTBC调查报道组"trigger"追踪过非法拍摄的影像的流通途径。在此过程中，他们发现了在有名的聊天应用程序"A×"中发生的性犯罪。调查组下载了"A×"，假装是未成年人开始聊天后，大量淫秽信息发送了过来。成年男性并不介意对方是未成年，反而不停地发送性骚扰消息。有些男性上来就会提出性要求，但也有些男性会通过对话先拉近距离，然后慢慢提出过分的要求。"trigger"的成员假装自己是10多岁的女孩，与一名男性进行了对话，可以说，对话内容是典型的"网络诱骗"方法。

以下是典型的加害者们的打招呼方法。

"你多大了？"

"今天过得好吗？"

"你和男朋友有过身体接触吗？"

网络诱骗（取得受害者信任后实施的性犯罪）经常以儿童和青少年为对象发生。这类性犯罪往往先通过网络培养一定的亲密感，然后诱骗受害者到现实空间，最终实施强奸、性买卖等犯罪，因此更具危险性。加害者有时还会将聊天内容截屏，并以曝光聊天记录或告诉父母来威胁受害者。

2018年夏天，"trigger"发现了"A×"中的非法拍摄的视频在Telegram上被散播并出售的事情，并向警方举报了加害者。也就是说，在N号房事件发生之前，已经有人针对"未成年人性剥削犯罪"向调查机关进行过举报。可直到这时，警察厅网络搜查队还没有专门调查数码性剥削犯罪的小组。"trigger"的成员整理了Telegram上销售性剥削视频的账户，并向警方举报，但10名左右的加害者中只有1人被警察抓获。警方似乎并不认为数码性剥削犯罪是严重的犯罪，往往还没开始调查就断定"抓不到"，调查力度也就可想而知了。警方多次向记者表示"Telegram上的罪犯是抓不到的"。

事例二：摆脱加害者一年后，创伤还处于进行时

2019年8月，我们正在调查熟人凌辱犯罪，Telegram聊天室

里传来一个令人悲痛的消息。

"各位，那个女的（受害者）死了。"

"她是谁？反正不是我的错，嘻嘻。"

"假的吧？我还没听说过（因为性剥削）死人的事。"

一个性剥削犯罪受害者结束了自己的生命，令人惋惜。噩耗通过 SNS 传到了哥谭房和其他 Telegram 聊天室，真实性还有待考察。7 个月后的 2020 年 3 月，我们决定调查性剥削犯罪受害者死亡事件的始末。

真相是，当时受害者是假装自杀。据了解，加害者的威胁一再加重，受害者想尽办法希望摆脱其威胁，于是拜托 SNS 上的一位批判性剥削问题的账号运营者上传了以"受害者本人已自杀"为内容的文章。受害者也知道这种做法不对，但实在没有别的办法。当时社会对待发布"不雅内容"的受害者的态度比现在更加严苛，在那种情况下很难找到帮助她走出泥潭的人。那篇文章上传后，加害者的威胁才停止。但是，受害者的心理创伤仍未愈合。

受害者说："虽然已经过去一年多了，但我始终不敢告诉父母或朋友。每天都在 SNS 和谷歌等网站上搜索自己的名字和学校，时不时就会流泪。"我们劝她进行心理咨询。

"我要考大学，因为要提高成绩，现在压力也很大，很难找到时间进行心理咨询。"

我们不知该说什么。听说她简单地接受过电话心理咨询，我们问有没有帮助。心理医生说，因为反复劝说对方报警，所以不太清楚。后来听说，她没有再进行进一步的咨询。其实只有面对面进行咨询，才能向受害者提供阶段性、实质性的援助，但受害者始终对此比较抗拒。受害者最好将被害事实告知外界并请求帮助，但未成年受害者的恐惧心理比我们预想的大得多。尤其是她们担心报警会让父母知道，也害怕警察找到学校。其实她们不知道，即使举报数码性剥削犯罪的是未成年人，警察也无须向监护人告知详细的受害内容。受害者在电话那头哭着说，真想忘掉过去的经历。

"谢谢您听我说话……"

现在，独自在恐惧中瑟瑟发抖的受害者还有多少呢？根除性犯罪不是一个人的战斗，这是需要全社会共同解决的问题。希望受害者知道，有些人不会质问她们，也不会指责她们，只会向她们伸出温暖的援手。

"Outreach"联盟的开始

2020年4月，我们参加了政府首尔厅舍国务调整室主办的会议。我们陈述了Telegram内发生的性剥削犯罪的现状，强调了开设专门负责援助受害者的常设部门的必要性。因为几天前参加过女性家族部长次官实务者会议，所以了解国家在支援数码性剥削犯罪的受害者时需要哪些东西。我们认为，需要分阶段保护在N号房和博士房受到熟人凌辱、非法拍摄等多种数码性剥削犯罪伤害的受害者，为她们建立起"受害者一站式援助"体系。

在请求法律援助的过程中，受害者必须反复说明本人受到的心理创伤及受害事实，往往还没学会应对自己的心理创伤，精力就被消耗殆尽。光是前往调查机关就已经让人精疲力尽，很多人往往会放弃心理咨询或法律援助等受害者应享有的权利。如果政府建立了一站式援助体系，便可以安排代替受害者说明受害事实的协助者。将各个机构正在实行的援助方式整合统一，也会对保护受害者有所帮助。

包括政府首尔厅舍国务调整室在内，韩国女性人权振兴院、tacteen明天、刑事政策研究院、Telegram性剥削共同对策委员会、信息保护研究生院等多个机关的工作人员和专家出席了前面提到的会议。下午2点会议开始，大家讨论了"数码世界到来过程中发生的信息偏差"和"性剥削犯罪认知能力的水平差异"。所有与会者一致认为，老一辈对数码性剥削犯罪的认知能力明显较低。有些人表示，在N号房事件发生之前，他们根本不知道数码性剥削犯罪的严重性，需要对此进行进一步反省。

2020年夏天，我们一直以来调查并报道的问题终于传到了政府首尔厅舍国务调整室。想到经历过的幻灭和挫折似乎没有白费，我们心里非常激动。会议结束后，还想进一步交流的人都去了咖啡厅。Telegram 性剥削共同对策委员会的律师告诉我们，有一位活动家很想知道我们是谁，劝我们和对方见一面。我们有时一周要见三四次警察或记者，但从未见过活动家，所以内心也很期待。我们当即乘坐出租车前往韩国性暴力咨询所，在那里见到了活动家金惠贞副所长。上周末，我们把用于审判的性剥削犯罪的受害者的相关资料（已加密）发给了她，但真正见面还是第一次。她热情地接待了我们。见到这位在现场活动了数十年的活动家，一种踏实感油然而生。后来静静地回忆起那天的见面，我在想，也许她是想知道我们过得好不好，同时安慰一下我们吧。一见到我们她就问了一句"你们还好吗？"，这句温暖的话一直留在我们的心里。

3月末，警方表示，遭到赵周彬性剥削的受害者有74人（其中未成年者16人）。金副所长有些吃惊，她表示，受害者的身份还没有确定，74这个数字是怎么统计出来的？由于警方没有明确说明推定受害者的方法，受害者中有一些人不知道对自己进行性剥削的人是否为赵周彬，因此在辩护阶段遇到了困难。受害者的证言在很大程度上可以影响到加害者的量刑，对案件的解决至关重要。但是在"没有受害者"的这一性剥削事件中，很多受害者的身份无法确认。

（3月31日，74名受害者中，检方确定了二十几人的身份。）

我们理解金副所长的疑惑。每次报道这一事件，我们都会担心二次伤害的问题。在敦促处罚加害者的同时，有必要制定保护受害者的报道规则。我们告诉所长，因报道而造成二次伤害的问题确实很难控制，而且，我们无法保证能持续投入精力去逐一联系所有的受害者，所以真的很难。

对于这个问题，金副所长回答说，他们已经努力向受害者介绍了面对性剥削犯罪的对策，受害者对此熟知以后，就会越来越有自我判断的能力。是报警，还是只接受法律支援，或只接受心理咨询，受害者可以选择自己想要的解决方案。

离开时，我带了一些韩国性暴力咨询所的书架上摆放的明信片和贴纸回来，然后把写有"我们是性暴力的监视者"的贴纸贴在了手机背面。这一天，我们记住了金副所长说的"受害者相信活动家们的活力"。金副所长说，在她看来，主动靠近受害者并提供帮助的我们就是数码性暴力"Outreach"[①]活动家。瞬间我们也觉得"Outreach"的语感与意义和我们所进行的活动很接近。从那时开始，我们都用"Outreacher"而不是"新闻记者"的身份来介绍"追踪团火花"。

[①] 指社会机构对当地居民的积极援助和帮助。——编者注

"你们变成这边的人了"

为了KBS的报道《"不是你的错"——"追踪团火花"传达的声音》，我们采访了京畿大学犯罪心理学系教授李秀贞（音）。上午10点，在新村一家咖啡厅见到了李教授后，我们提出了以下三个问题：

第一，您如何看待N号房事件？

第二，您如何看待KBS对哥谭房的15万条聊天记录的分析结果？

第三，今后我们的社会需要解决的课题是什么？

采访进行了一个小时。采访结束后，我们与李教授一起等电梯，这时他对我们说了一句话，让我们印象非常深刻。

"你们太有勇气了，现在'追踪团火花'已经变成这边的人了。"

KBS新闻集中报道了受害者的经历，但没能报道采访李秀贞教授的内容。以下是我们的对话。

"您是如何看待加害者的加害心理的？"

"现在不仅是成人，连儿童的性也可以通过金钱进行买卖，比起成人色情片，一般人不容易看到未成年人的性剥削影像，所以会觉得好奇。这些加害者很有可能是把年龄非常小的未成年人的性剥削影像看作刺激性影像，出于这类资源的稀缺性，这些加害者就算花钱也毫不在乎。应该思考的是，为什么在韩国社会会产生这样的思考方式。这类事件的责任肯定首先在加害者个人身上，但这也是全社会都要思考的问题。

"国外严惩拍摄或传播儿童性剥削影像者的例子并不少，现在我们国家也到了做出抉择的时候了。我们的孩子正受到威胁，是继续如此松懈地对待，还是像国外案例中那样严惩？"

"您提到了国外的案例，目前美国、澳大利亚、英国等国允许对以未成年人为对象的网络性犯罪实施钓鱼执法①。但在我国，反对钓鱼执法的人好像更多一些。对此您怎么看？"

"我认为，关于钓鱼执法，好像大家对此的看法仍然和20世纪80年代到90年代时差不多。这些年的技术发展很快，但很多老一代仍然认为'钓鱼执法等于非法稽查'。因此，从他们的常识出发就会认为'挖好陷阱让无辜市民陷入其中，这是非常反人权的'。但还应该思考的是，'人权是唯一的价值吗？''保障所有人的人权

---

① 指用一般的调查方法很难抓到犯人时，调查机关或执法人员隐瞒自己身份，引诱当事人产生违法意图，等待其实施犯罪行为，并最终实施抓捕的执法方式。目前《禁毒法》允许这一做法。——编者注

的社会是否真的存在？'等根本问题。

"比起成人的人权，要优先保护儿童、青少年的人权。儿童犯罪钓鱼执法其实是假装儿童来抓捕那些觊觎儿童的不法分子。'执法人员为什么伪装成儿童？'答案是，因为儿童的权益优先于成人的权益。对需要保护的未成年人进行性方面的引诱，这是在任何情况下都要严厉制止的行为，也是国家应该优先考虑解决的问题。

"每个人都希望自己安全，但不要忘了，只有孩子们的安全首先得到保障，我们才能有未来。从成人们的立场来看，也许有人会觉得有些委屈，认为钓鱼执法侵害人权，但由于法律权益优先考虑的对象是儿童和青少年，所以'伪装成儿童调查'或'伪装成儿童钓鱼执法'是具备一定的合理性的。

"因此，韩国社会首先要选择的是'要保护谁'。'杜绝违法调查程序导致的人权侵犯现象，从而保护所有人的人权'，这句话是站不住脚的。大前提应该是，即使存在诸多困难，也要优先考虑'管制所有引诱儿童和青少年并对其实施性剥削和性犯罪的行为'的问题。

"说得再明确一些，这一主张并不意味着鼓励非法稽查。不是'允许所有人行使稽查权'，而是'把那些诱引儿童的家伙揪出来'。换句话说，就是要严惩那些企图对儿童进行性剥削的人。如果这一目的清晰，那么就没有理由反对在虚拟空间和现实空间伪装成儿童进行调查的方法了。很明确的一点是，从获知对方是儿童的瞬间起，就不得做出侵害儿童的人权的行为。如果明知是儿童还接近，这种行为本身就是违法的。"

"除了儿童，20～30岁的女性也是数码性剥削犯罪的主要侵害对象。数码性剥削犯罪的受害者的年龄逐渐下降，有专家说，这和数码性剥削犯罪的刑罚过轻不无关系。现实是，大法院量刑委员会并没有制定数码性剥削犯罪的量刑标准，因此，每个法官量刑时考虑的因素也各不相同。如果大法院量刑委员会通过该事件重新制定量刑标准，应该优先考虑什么呢？"

"现在大法院量刑委员会制定标准时，依据的是现行法律。因此，必须以现行法律为基础，结合参考从前的案例，得出统计结果。普通法院不能太严苛，也不能太宽松，因此应该实证性地发掘量刑因子，制定出'处罚到哪种程度就可以了'的标准。现在大法院量刑委员会也在考虑以前的判决是否过轻，而且法官们可能并不了解该事件的本质，在不了解的情况下做出了判决。因此我认为通过此次事件，社会氛围将会发生很大的变化。

"另外还要认识到，现有罪名尚不足以概括这类案例，因此部分案例具有一定的特殊性。例如，制作儿童性剥削影像罪，以儿童为对象制作非法摄影物罪，这些在《性保护法》中都有。必须明确具体以什么罪名逮捕嫌疑人,且将此反映进量刑标准。"

"事实上,现行法律的罪名和量刑标准都存在问题。举例来说,现在博士房事件中最应引起关注的问题是人们通过花钱成为最高级别的会员的做法。还有通过流媒体(streaming media)这一新兴事物,用户没有持有(色情视频),只是观看,难道他们就是无辜的?毕竟不能以非法影像持有罪把他们抓起来。能否在制定量刑标准时考虑到上述情况,这是一个新的课题。"

"很多人认为,在议会选举即将到来之际,应该召开'one point 国会①',尽快制定数码性剥削犯罪相关法律。您对此有何看法?"

"现在首先要做的是告知受害事实,并确切掌握实际情况。伯宁森(Burning Sun)事件中,警方受到了前所未有的责难。难道伯宁森事件和N号房事件在本质上不同吗?绝对不是,两者其实差不多。可以这么说,在伯宁森这个特定空间里发生了买卖年轻女性的性的行为;而N号房事件是在虚拟空间买卖未成年人的性剥削影像。发生在虚拟空间抑或是现实空间,这不是重点,从对儿童和青少年的人权以及性自主决定权的侵害程度上看,两个事件的本质是相同的。在伯宁森事件中,所谓的'用户'们一个都没有被逮捕。

---

① 指单独就一项议题而紧急召开的国会。——译者注

N号房事件中,警方已经掌握了聊天室成员们的个人信息,一部分人还作为共犯受到了处罚。从这个角度来看,警方对本类事件的处理明显有了很大进步。

"要想延续这种趋势,媒体需要继续报道性剥削犯罪问题,国民也应该做出反应。如果大家不关注,N号房事件很快就会蒸发于无形。已经有政治家提出了不可思议的阴谋论。这算什么阴谋?这不是阴谋,而是处于现在进行时的问题,是真实存在的问题。"

"您有什么话想对受害者说吗?"

"现在发生在虚拟空间的性剥削犯罪带来的最可怕的问题是,受害者有可能再次出现。这种犯罪很有可能不会结束,所以受害者需要克服很多困难。政府机关需要通过各种制度帮助她们,受害者也需要鼓起勇气。人是会成长的,不会因某个时间或年龄段犯下的错误而停滞不前。人生是不断变化的,我们也会随着年龄的增长变得更加成熟,没有必要一直为过去的错误自责。

"数码性剥削犯罪是社会问题,是我们所有人的错误,而且是老一代人的错误让儿童和青少年受到了可怕的伤害,所以绝对不要一个人陷入悲观。应该自责的是老一代人,这样想就可以了,不要独自苦恼。希望大家团结一致,无论如何都要为克服困难而努力。拜托大家千万不要把这只看作个人问题,因而自暴自弃。"

"对'追踪团火花'有什么想说的吗?"

"我长期在现场从事研究工作,我知道,有时候光是调查也会受到伤害,精神上也要承受非常大的压力。今后你们在工作的同时,要通过各方面的努力克服困难。因为,如果你们这些人的精神健康受到损害,导致无法继续帮助受害者,其结果是我们整个社会都遭受损失。还有,要保护好自己的人身安全,带着问题意识持续关注这件事,直到出现可视性变化,在这之前要夜以继日地调查、发掘、揭露。希望你们一直向大家传达这样的信息:不仅是老一代,在年轻一代身上这种社会积弊也相当严重。"

请停止受害者有罪论

上初中之前,我一直以为只要男人的性器官接触到女人的性器官,女人就会怀孕。因为我们从小就没有接受过正确的性教育。在韩国,人们一直对"性"讳莫如深,尤其是社会不允许女性表达性欲,于是在一些私密的领域,很多事情发生了。一些人由于没有性自主决定权[①]，选择了通过 SNS 表达性欲。这是她们的错吗？这真的是错误的行为吗？

青少年时期喜欢表现自我、希望得到他人关注，这是正常现象。但利用青少年的这种心理赚钱是不对的，这是无须争辩的事实。可至今仍有很多人喜欢从受害者身上挑毛病："干吗要在网上发布'不雅'内容？""干吗应聘所谓的'高薪兼职'？这不是给犯罪分子可乘之机吗？"

在这里问大家一个问题。

一个骑着摩托车的人经过你身边的时候抢走了你的包，你会怎么做？

大部分人会选择"向警方报案"。找到警察，你不假思索地说："我的包被偷了！"这时，警察会不会说"这样啊，你怎么不看好自己的包呢"，然后将责任转嫁给被偷一方的你的身上？肯定不会。因为偷走包的人才是有过错的一方。可来到性犯罪问题上，社会观念就严苛多了。就算在警察局，也会被质问"不是你先上传的照片吗？""你知道这也是犯罪吧？"，意思是受害者给加害者提供了可乘之机，因此也有一定的责任。

有律师称，根据儿童青少年法（儿童青少年性保护相关法律）

[①] 根据韩国宪法第 10 条（所有国民拥有人的尊严和价值，并享有追求幸福的权利），公民有权根据自己的意志来选择和决定自己与谁发生性关系。——编者注

或信息通信网法（信息通信网络的利用促进与信息保护等相关法），发布不雅内容的青少年可能会受到处罚。但是以此为根据主张受害者提供了犯罪的机会，因此才受到这样的伤害，这样对吗？法律为何要存在？

受害者的行为是否符合常理并不重要，重要的是已经发生了犯罪。有关性犯罪，只保护"完美的受害者"的想法是错误的。有些人对受害者说过的话、写下的文字、做出的行为逐一进行评价，假如没有通过合格条件，就对其进行指责和怀疑。因为这种"受害者也有过错"的观念，性犯罪受害者很难鼓起勇气站出来。没有哪个受害者活该被害，有些人无论怎么向他们解释也不能理解这一点，如果实在理解不了（不愿理解）就把这句话背下来吧。

没有哪个受害者活该受害

转变认识的同时，持续关注也很重要。在N号房事件一度成为舆论焦点的3月份，两周的时间里，有关N号房事件的报道达到了12000篇。但在N号房事件被曝光3个月后的6月份，该数字仅为1000多一点，且大部分都是以"N号房主要加害者已被抓捕"为题的报道。如果国民的关注逐渐减少，新闻的数量就会减少。每当觉得大家的关注度有所下降的时候，我们就会感到非常不安，担心不能兑现曾经在受害者面前许下的诺言，每天都非常忐忑。在此，我们公开在4月份见到的一位受害者的部分讲述。

听到"博士"被抓的消息，我很高兴，心想这下终于结束了。啊！现在我要安心吃饭，安心睡觉，安心见朋友。他已经被抓了，所有资料也都会被删除吧。

但事实并非如此。未来一两个月肯定很安静，最多前三个月应该也不会有什么大动静，但是再过一段时间，还会有新的聊天室被开设，到时说不定情况会更严重。反正他们会以隐蔽的方式活动。

想到六个月后、一年后、两年后，我好害怕。从某个瞬间起，大家会不再那么关注这件事，那样的话从那个瞬间开始，我的资料被散播的次数可能会更多……范围也会更广吧。

"哈维·温斯坦性骚扰丑闻[①]""校园性犯罪""伯宁森事件"等性犯罪事件似乎正被我们慢慢遗忘。只有我们保持对性犯罪

---

① 前文提到的"Me too"运动就是针对哈维·温斯坦性骚扰丑闻发起的运动。

事件的关注，才能预防加害者的犯罪行为，并让他们受到应有的惩罚。

N[①]和Twitter上活动的D[②]等市民一直在参与旁听对Telegram性剥削事件的加害者的审判。他们的旁听方式各不相同，有的举着抗议牌直接施压，有的留下旁听后记，监督法官们，努力阻止法官们像以前一样轻率地处罚。只有继续保持这种关注，国会和司法部才能有所顾忌，从而进一步完善法律制度，并给予加害者应有的处罚。

受害者援助进展如何？

N号房事件曝光以后，很多方面都表示会援助受害者。但是，援助受害者的有关报道发出后，二次伤害问题随之变得极其严重。检方表示，N号房事件的受害者中，"对受到伤害5周以上的受害者，每年支付1500万韩元，共5000万韩元的医疗费。对于受到伤害不足5周的受害者，也将提供治疗费支援"。对此，唯恐天下不乱的媒体以"N号房事件的受害者最多将获得5000万韩元补偿"

---

① N指敦促严惩N号房性剥削的示威队 @nbun_out。——编者注
② 行动者，审判监督教育活动家 @D_T_Monitoring。——编者注

为题进行了报道，看到该报道的网民表示"又不是单纯的受害者，为什么要补偿她们""这是过度的特惠"，纷纷指责受害者。他们还在国民请愿留言板上留言称"不要进行补偿"。受害者们变得更无助了。

《大韩民国宪法》第30条明确规定："因他人的犯罪行为而受到生命、身体伤害的国民，可以根据法律规定从国家得到救助。"这不仅适用于N号房事件的受害者，也适用于其他犯罪的受害者。另外，并不是所有的N号房事件受害者都能得到5000万韩元的补偿，只有满足条件才能得到补偿。在我们见到的受害者中，还没有发现谁得到过国家的充分支援。想得到国家的支援，受害者们必须逐一去负责机关说明受害事实。3月末，我们在一周的时间里每天平均接受了9家媒体的采访。连作为目击者的我们都疲于做证，让直接受到伤害的受害者反复说明和证明受害事实，真的很残酷。

重要的是，受害者们所希望的并不是得到金钱补偿，而是删除所有的相关影像。考虑到各种非法拍摄视频流通的虚拟空间的特性，金钱补偿并不能解决所有问题。视频删除支援、调查支援等目前还存在很大不足。值得高兴的是，今年7月女性家族部宣称，决定向强化数码性剥削犯罪受害者支援中心的功能的项目投入8亿7500万韩元。该中心还将发挥对以儿童、青少年为目标的非法拍摄进行预备监控（preparatory monitoring）和提供 24 小时咨询服务的作用。之前的情况是，如果性剥削影像被散播，要做的主要工作是将其删除，但现在可以提前预防犯罪，然后进行事后管理。

　　此次的 N 号房、博士房事件被曝光后，受害者可以获得各种援助，但是其他数码性剥削犯罪的受害者只能得到一些有限的援助。熟人凌辱犯罪的受害者会陷入无法相信自己身边的人的不安之中，可与此同时，这一犯罪适用的处罚却非常轻。由于是数码性剥削犯罪，调查机关侦破案件的过程也困难重重，有时甚至难以按照性犯罪的罪名给罪犯定罪。调查和司法机关是时候分析数码性剥削犯罪的类型，并制定相应的应对措施了。

　　虽然政府已经宣布将大力推动此次的 Telegram 性剥削问题的解决，但还没有制定特殊措施。就拿法律援助的问题说，数码性剥削犯罪受害者可以通过女性家族部的免费法律救助基金得到律师费用补助。一审律师费用约 120 万韩元，每人最多可申请 500 万韩元的补助。如果需要更多的补助，将经过审议决定。问题是，在数码性剥削案件中，拍摄、散布、再散布等后续问题很多，共犯也很多，大多数的审判是同时进行的，威胁、强迫、强奸、强制猥亵、违反个人信息保护等需要处罚的罪名也不一而足。按照现有的法律救助方式，很难采取适当的应对措施。

法律救助基金的年度支付规模也存在问题。[①]据韩国性暴力咨询所副所长金惠贞透露，在执行女性家族部免费法律救助基金的4个实行机关中，向韩国性暴力危机中心申请基金的咨询机构最多，但是该中心的基金在2020年6月就已经告罄。既然基金比往年消耗得更快，就应该查明原因并进行补充，但政府始终无动于衷。加害者的律师委托费日益上涨，为受害者设立的法律救助基金却严重不足，现在已经干脆见了底。

　　犯罪收益可以纳入法律救助基金。美国、加拿大、日本等国正将诈骗等财产犯罪中的犯罪收益没收并用于支援受害者。在韩国，犯罪收益被全额编入国库，即使受害者通过刑事诉讼及庭审证明自己遭遇了诈骗，要想收回资金，也必须经过民事诉讼程序。2006年，日本新修订的《团伙犯罪处罚法》[与韩国《犯罪收益限制法》（第8条第3项，第10条第2项）相同]中规定，考虑到受害者直接提起损害赔偿诉讼时，可能遭到报复、诉讼费用、损失额证明困难、犯罪收益洗钱及隐匿等问题，国家将在一定的范围内没收、追缴团伙犯罪收益（第13条第3项）。值得注意的地方就在这里。日本制定了"关于支付犯罪收益等受害损失给付金（主要由国家或公共团体支付的钱）"的法律，将上述没收、追缴的犯罪损失财产不

[①] 摘自2019年10月28日方允英在韩国主流媒体Money Today上发表的文章《犯罪受害者支援金……为什么11月、12月领不到?》。——编者注

计入国家一般财务，而是指定为"受害恢复给付金"，先由检察机关保管，后向受害者进行分配。①

我真的是"GodGod"的受害者！

2020年4月，"追踪团火花"的Twitter账号收到了一条消息。

"2018年我被迫接受了性剥削，我受不了他们的胁迫，最后逃走了。后来我向警察报了案，但调查不了了之。现在这些（重新调查）已经不可能了吧？带着一线希望给您留言……"

"您好，我们是'追踪团火花'，谢谢您鼓起勇气联系我们。想问一下，您有当时截屏的证据资料吗？"

因为只有明确受害事实才能给予帮助，所以我们首先询问了对方是否有证据资料。受害者B说："对不起。在N号房事件被曝光之前，为忘记所有的一切，我删除了所有的内容，很抱歉。"她向我们道歉，而且还是连续两次。其实她没有必要向我们道歉。这位受害者让我们感到非常难过。

---

① 片荣吉. 犯罪收益没收制度的现状和活用方案. 高丽大学，2018.

如果受害者B向警方报过案，那么受理报案的警察局可能还保留着当时的资料。我们又问，上次报警时是否留下过什么资料？对方没有回答。本想再联系一下的，但由于担心给对方造成压力，我们没有再打扰她。一个多月后，B再次联系了我们，她告诉我们已经发出申请，要求获取当时交给警方的报案资料。

一周后，B发信息告诉我们，自己已经收到了之前的报案资料，其中包括2018年报警时提交的受害照片。看到照片的瞬间，我们一下呆住了。因为在追踪期间曾看到无数次的"GodGod"（此时我们才知道他的真名是文炯旭）的犯罪手法和B的受害内容几乎完全一致。B说，看到媒体公开的"GodGod"的犯罪手法后，也怀疑过自己会不会是"GodGod"的受害者，但不敢确定。因为在Twitter或Telegram等网络空间中，把女性作为目标进行犯罪的加害者并不止"GodGod"一个人。

B想知道自己是不是"GodGod"的受害者。她说，如果可以确定"GodGod"是加害者，她就会陈述自己的受害情况，以帮助提高他的量刑。经过比对我们发现，除了加害内容，加害者的活动时期也一致，由此看来B极有可能是"GodGod"的受害者。2020年5月中旬"GodGod"被逮捕后，我们给正在进行调查的庆北警察厅打去电话询问B是否在N号房事件的受害者名单里。但由于牵涉个人隐私问题，警方表示很难立即给我们答复。

我们向B解释了情况，然后建议她直接向警方报案并陈述受害事实。由于B曾向警方报案，但最后不了了之，所以她不愿意再向警方报案。我们认为这种情况下最好立即向正在调查这一案件的庆北警察厅报案。B直接向庆北警察厅报案的第二天，我们收到了她发来的已经确认自己就是"GodGod"的受害者的消息。

N号房事件被曝光后，警方曾表示已经在联系N号房事件的受害者，同时对其采取了必要的保护措施。但是，联系到我们的受害者B表示，自己从没收到警方的任何联系。距离初期调查结束已经一年多了，B从没咨询过受害者支援的问题，也没人告诉过她这个事情。

好在虽然晚了些，B还是被列入了受害者名单。所有这一切都让我们气愤。2018年案件发生时，B就向当地警察局报过案。可警方以"有海外基础的SNS很难调查"为由，直接停止了调查。

此后，B从未享受到N号房事件受害者应享有的任何权利，独自在痛苦中生活了两年。直到2020年5月N号房事件公之于众，"GodGod"被抓，B才得到了受害者援助。B再次向我们表示感谢。其实我们所做的只是在电话里跟警察局的办案人员反映情况，同时给受害者和警察局连线，以帮助事件尽快得到解决。

B说："比起（物质和精神上的）补偿，我们更希望'GodGod'

手里的影像全部被删除。"我们见到的受害者的愿望无一不是如此,即"永久删除视频"。

《N号房防止法》?无法阻挡死角地带

2020年5月,第20届国会通过了《N号房防止法》。内容如下:

《〈性暴力犯罪处罚特例法〉修正案》
——新增了对于持有、购买、储存、观看非法性影像者,可处以3年以下有期徒刑或3000万韩元以下罚款的规定。
——利用性剥削视频胁迫、强迫他人者可分别被判处1年以上有期徒刑和3年以上有期徒刑。尤其是即使本人拍摄自己的身体,如果在违背本人意愿的情况下将拍摄的影像进行散布,也将受到处罚。

《刑法修正案》
——将未成年性自主决定权年龄从13周岁提高到16周岁。
——对于协同强奸、强奸未成年人等重大性犯罪,仅仅准备或计划也将处以惩罚,新设预备/阴谋罪。

《关于限制犯罪收益隐匿的规定及处罚的法律修正案》

——放宽调查机关在性剥削影像交易等案件中对加害者的犯罪事实或个别犯罪和犯罪收益之间的关联性等的举证责任,促进犯罪收益的回收。

《信息通信网络的利用促进与信息保护等相关法(信息通信网法)修正案》

——网络运营商应承担实施删除数码性剥削犯罪影像等防止流通的措施,以及其他技术管理方面的义务。

但是,上述法案还不足以完全应对性犯罪。下面介绍一些需要尽快通过的法案。

① 反跟踪骚扰法

2018 年,KBS 对 381 件杀人案和杀人未遂案进行了调查,结果显示,30% 的女性受害者在遇害之前曾饱受跟踪骚扰之苦。从调查结果中可以看出,如果制止跟踪骚扰,就能防止人员伤亡。[1] 在 Telegram 性剥削事件中,加害者们也曾策划找到 N 号房事件的受害者进行强奸,在熟人凌辱房中,加害者经常将熟人的照片连同居

---

[1] 李秀贞,李多惠等.《李秀贞、李多惠的犯罪电影档案》.民音社,2020.

住地和工作单位一起曝光，只要他们愿意，随时可以对受害者进行跟踪骚扰。

尤其是，管理博士房的赵周彬的共犯中也有乐于跟踪骚扰的人。曾是社会服务要员①的 A 某对自己曾经的班主任 B 某进行了长达 8 年的跟踪。他对受害者说："我要当着你的面把你的女儿和婆婆都杀掉。""韩国的法律真好。哪怕你把亲家的远房亲戚都杀了，只要被认定为心神微弱②，过 3 年就出来了。"现实中此人因主张自己心神微弱而被判处了一年零两个月的有期徒刑。比起加害者估计的 3 年有期徒刑，他少服了一年零八个月的刑期就出来了。出狱后，他继续以社会服务要员的身份工作，后来甚至打听到了受害者女儿所在的幼儿园的地址，然后交给赵周彬 400 万韩元，请求对方杀死受害者的女儿。

我们不由得叹息："如果有《反跟踪骚扰法》，也不至于这样……"1999 年，国会首次接到《反跟踪骚扰法》提案，但一直未能通过。2018 年国会法制司法委员会曾表示："跟踪骚扰行为的类型多种多样，很难和单纯的爱情表达或求爱方式进行区分，严重的跟踪骚扰行为可以在刑法上以暴行罪、威胁罪等处罚，因此应该慎重对待。""单纯的爱情表达或求爱方式"的主体正是加害者，这反

---

① 在国家机关等地方履行公益目的业务并以此替代服兵役的人。——编者注
② 指因为精神问题缺乏判断是非并做出相应行为的能力的状态。——译者注

映出的是加害者的思维方式。如果对方的行为让受害者感到恐惧的话，这无疑就是跟踪骚扰，但是多数国会议员还是站在男性的角度来看待这种犯罪。

英国、澳大利亚、美国等国家已经制定了《反跟踪骚扰法》，对违反禁止接触令者进行处罚，同时结合自检表，了解跟踪者是否让受害者感到巨大恐惧、在没有受到邀请的情况下跟踪者一周内是否来过3次以上等问题。

以下是英国使用的跟踪骚扰自检表：

☐ 现在你感到极度恐惧吗？
☐ 跟踪者以前有过跟踪骚扰你的情况吗？
☐ 你没有邀请跟踪者，但跟踪者一周来过3次以上？
☐ 已经下达了禁止接触令，跟踪者仍在周围徘徊？
☐ 你是否受到来自跟踪者提出的人身威胁或性暴力威胁？
☐ 跟踪者有没有掠夺或毁损过你的财产？
☐ 跟踪者有没有拉拢第三者对你进行威胁？
☐ 跟踪者是否有吸毒上瘾、酒精中毒或精神上的问题？
☐ 你以前也叫过警察吗？

如果韩国也开始制定跟踪骚扰自检表，可以参考上述内容。另外，必须将"网络骚扰"也包括进去。例如，已经通过电话、聊天应用程序、电子邮件等表明了拒绝的意思，但对方仍继续联系，或通过短信发送性骚扰信息和刺激性内容，造成当事人不安的行为，应该规定为明确的性犯罪。重要的是，司法部要理解被跟踪骚扰的受害者所感受到的恐惧。

② 网络诱骗处罚法

网络诱骗的语源"grooming"意为"抚摸，驯服"，源于马夫（groom）给马梳理，洗澡，进行装扮。"grooming性犯罪"是指加害者先从受害者那里获得好感或与之形成深厚的关系，在心理上支配受害者后施加性暴力的犯罪。这种犯罪的加害者往往先选定受害者，然后慢慢积累好感，满足他们的需求。渐渐地，等受害者的世界里只有加害者一个人时，加害者会进一步孤立受害者，并与之形成性关系，再慢慢进入威胁阶段，最后进行性剥削。

2020年3月，通过一个联系到我们的未成年受害者，我们详细了解了"grooming性犯罪"。受害者C平时经常转学，所以一直没有机会交到朋友。一个偶然的机会，C通过聊天软件认识了一个"哥哥"，两人像朋友一样相处了几个月。渐渐地，"哥哥"说"想听听你的秘密"，开始慢慢向C靠近。几个月后，他开始向C索要身体的照片。C拒绝了他，于是他冷漠地说："那我不会再跟你联系了。"C不愿失去每天倾听自己心声的"哥哥",最终给对方发送了自己的照片,一张、两张……在此过程中,C的露脸照和个人信息都被泄露了。随着时间的推移,"哥哥"开始要求C发送"性感的照片",并威胁说,如果拒绝,就会告诉C身边的人。他利用的正是担心被父母或老师知道事实的受害者的心理。

如上所述,"grooming性犯罪"的恶劣之处就在于,它是在取得对方信任的基础上肆意妄为。正因如此,处于经济困难或情绪不稳定环境中的儿童或青少年很容易受到伤害。儿童阶段也好,青少年阶段也罢,都是希望从别人那里得到肯定和喜爱的年龄段。请不要责备他们,问"为什么给不认识的人发照片"。

在整个网络诱骗的过程中,受害者不仅不知道自己被虐待的事实,有时还会觉得自己爱上了加害者。在本人不知情的情况下,受害者的影像往往被传播到网上,甚至被用于进行交易。大部分性剥削犯罪都是从网络诱骗开始的,因此,在儿童和青少年遭遇性剥削之前,应该对加害者的引诱行为等有接近意图的行为做出处罚。如果对网络诱骗的处罚得以法制化,不管是否实施性犯罪,以性为目的接近的行为本身就可以被处罚。

在海外,英国和澳大利亚等63个国家已经实施了《网络诱骗处罚法》(以2017年为标准)。欧洲国家在2007年签署了《兰萨罗特公约》(欧洲理事会保护儿童免受性剥削与性虐待公约),并规定

"利用信息通信技术对儿童提出性要求的行为，即使没有直接见面实施，也可以视为构成犯罪""即使加害者仅仅通过网络与儿童接触，也会对儿童造成严重的伤害"。

③ 数码性剥削犯罪钓鱼执法法制化

在韩国，目前青少年和成人可以对话的聊天软件已经超过200个。2019年女性家族部研究团队伪装成女性青少年，在聊天软件中与2230人进行了对话。对对话内容的分析结果显示，明知对方是青少年时，仍然提出见面要求等出于性目的的对话达到了76.4%。换句话说，在这2230人中，有1704人曾出于性目的通过聊天软件引诱青少年。

我们亲自下载聊天软件了解实际情况后发现，情况与几年前相比没有什么大的变化。对方仍然把"15岁的话不错啊""你是处（女）吗？"这些话挂在嘴边。要想制止这种情况的发生，最需要的就是"钓鱼执法"。钓鱼执法大致可分为两种，一种是只提供犯罪机会的"提供机会型"，另一种是让没有犯罪动机或犯罪意图的人产生犯罪动机或犯罪意图的"引诱犯罪型"。韩国目前在有限的范围内允许实行的是"提供机会型"。

例如，警察假装喝得酩酊大醉倒在街上，引诱人偷钱包，或看到网上以隐晦的方式刊登的受雇杀人广告后，假装雇凶杀人等，都属于"提供机会型"。警察故意将手机扔到街上,然后在暗中观察,当有人捡起手机想要送到邮局或派出所时,警察就过去说服他卖给自己,这便是"引诱犯罪型"。问题是,现实生活中发生的犯罪并不像从前那样简单。随着时间的推移,犯罪手法也进化了。因此,目前仅靠有限的"提供机会型"很难应对犯罪手段的变化和抓捕犯人。①

目前已经有很多国家允许对数码性剥削犯罪进行钓鱼执法。但在韩国,争议之声依然很大。因为通过钓鱼执法逮捕并起诉犯人,意味着提起公诉的程序有问题。假设青少年往对话窗口发送"15岁的女孩,寻找可以睡觉的地方",这样做会诱发"犯罪意识"(明知是犯罪却要进行相应行为),因此是非法的。也就是说,引诱平凡的人犯罪是非法的。现在韩国的法律是,漠视成年人对孩子怀有不轨之心的现实,目前的政策等于让我们一直等到犯罪发生。②

为了保护儿童和青少年,必须引入性犯罪钓鱼执法。现实中我们总是在性犯罪发生之后才忙于解决,这次也不例外。如果不想在未来经历另一个 N 号房事件,就一定要制定事先阻止性犯罪的法案。

---

① 摘自 2020 年 5 月 7 日李允镐(东国大学警察司法学院教授)在《韩国日报》上发表的文章《延伸至数码性犯罪的"钓鱼执法"……让副作用最小化的妙招是……?》。——编者注
② 与李秀贞教授对谈的部分内容。——编者注

尊敬的审判长，国民的想法是

2020年4月，大法院量刑调查委员会就制定儿童青少年性剥削犯罪的量刑标准进行了问卷调查。这是N号房事件发生后，量刑委员会在讨论根据《儿童青少年性保护相关法律》（简称《儿青法》）第11条的适当量刑标准之前，就相关法律条款征求国民意见。

问卷调查结果显示，在询问关于不同犯罪类型的适当刑量的问卷调查中，多数法官给出的是较为宽松的答案。举例来说，儿童青少年性剥削犯罪中，虽然法律规定的刑量是"5年以上有期徒刑或无期徒刑"，但调查结果显示，认为3年刑期较为合理的回答最多，占31.6%。由此不难发现，法官们尚未充分认识到数码性剥削犯罪的严重性以及量刑标准的重要性。性别法研究会的法官们指出，问卷调查的问题和选项本身就存在问题。目前，《儿青法》的量刑如下：

《儿青法》第11条第1项规定，制作或进口、出口未成年人淫秽物品者将被判处5年以上有期徒刑或无期徒刑。

《儿青法》第11条第2项规定，以营利为目的销售、出租、分发、提供未成年人淫秽物品或以此为目的持有、运输未成年人淫秽物品者，处10年以下有期徒刑。

性别法研究会的法官表示，制作未成年人性剥削影像者的量刑下限为5年，但在大法院量刑委员会的调查问卷的量刑选项中，从2年6个月以上到9年以上有期徒刑，共有10个选项，其中有5个是不满5年的刑期。这些选项中的量刑范围都出奇地低。同月末，曾是"Welcome to Video"的运营者的孙正宇即将被引渡至美国，孙正宇向法院提出"拘束适否审查"①请求，引发了巨大的舆论争议。采访N号房事件期间，我们曾思考过数码性剥削犯罪始于何时的问题，那个源头正是孙正宇。在韩国播下数码性剥削犯罪的种子的孙正宇在服刑一年零六个月后便出狱了。究其原因，正是法官们没有充分认识到数码性剥削犯罪的严重性。这也是迫切需要制定新的数码性剥削犯罪量刑标准的原因。

这期间，一位市民向我们提出了一个很好的建议，即"追踪团火花"进行一次关于数码性犯罪量刑标准的问卷调查。这位市民还给Reset提了这一建议。Reset和"追踪团火花"都对儿童、青少年性剥削犯罪等大部分数码性剥削犯罪的量刑标准不够成熟的现实深感忧虑，作为朝着同一目标前进的女性团体，我们决定团结一致。我们决定通过问卷调查，收集国民对数码性剥削犯罪的适度刑量及量刑过程中需要考虑或排除的量刑因子等问题的意

---

① 指法院重新判断嫌疑人的拘留是否妥当的程序。——编者注

见。我们的共同目标是消除国民法律认识和法官的判决之间的落差。

我们在 Twitter 和 Instagram 等网络平台进行了问卷调查。本来是打算将问卷调查结果在 7 月 13 日转达给量刑委员会的。第一次问卷调查于 7 月 7 日结束，共有 6360 人参与。分析结果（分析工作由 Reset 完成）显示，95.8% 的参与者表示经常通过大众媒介看到或在生活中听说数码性剥削犯罪事件；99.2% 的参与者表示数码性剥削犯罪的刑量不合理。另外，98.8% 的应答者认为司法部对数码性剥削犯罪缺乏重视。

对于"为减少数码性剥削犯罪，量刑委员会和司法部应该做什么"的问题，1929 名参与者回答"提高刑量"和"加强处罚"。另外，99.8% 的参与者认为数码性剥削犯罪的处罚过轻，不痛不痒。分析问卷调查结果，有一点可以明确，像现在这样参考以往相关案例制定量刑标准是没有意义的。"追踪团火花"和 Reset 本想把问卷调查的结果转达给量刑委员会，但得到的答复是，资料集已经制作完毕，无法追加，不确定能否提交到会议。是我们太大意了吗？听到这个结果我们有些失望，但还可以想别的办法。量刑委员会告诉我们，如果 8 月末之前发给他们，可以保证将此调查结果加入 9 月召开的会议的资料集，于是我们延长了问卷调查时间。就这样，为期约 3 个月的问卷调查[①]在 8 月 20 日画上了句号，共有 7509 人参与。8 月 27 日，我们向大法院量刑委员会转达了问卷调查结果和问卷调查负责人的意见书。问卷调查的最终结果显示，公众对判决缺乏信任，对落后于时代的司法部及量刑标准感到担忧，理由是法官和现量刑委员会均缺乏对数码性剥削犯罪现实的清醒认识。还有人指出，司法部成员大多数为中年男性也是问题之一，认为有必要成立牵制各阶层意见的机构的建议也令人印象深刻。"追踪团火花"和 Reset，还有生活在韩国的无数女性正在努力发声，以促进数码性剥削犯罪的量刑标准得到合理制定。

这又是什么？

2020 年 5 月，我们接到了新型数码性剥削犯罪的举报。虽然知道 Telegram 上的加害者绝对不会消失，但至少我们感觉发生在 Telegram 上的性剥削犯罪似乎正在减少。当时我们还想，乘着这个机会一同解决其他性剥削犯罪就可以了。但我们错了。加害者的行

[①] 朴敏智. 判罚过轻催生出的 N 号房……火花×Reset "必须提高数码性犯罪量刑标准". 国民日报, 2020-8-26.

动比我们想象的要快得多。不仅如此，其他类型的性剥削犯罪也大量出现。新型的性剥削犯罪手法相当复杂，我们在听了举报者两个小时的讲述，另外看了数十个相关资料之后，才模糊地掌握了犯罪情况。仅仅是我们已经知道的受害者就超过30人，而加害者达到数百人。

简直令人"崩溃"。在刚刚看到可以根除数码性剥削犯罪的希望的时候，又出现了新的犯罪。那种感觉就像精神支柱崩塌了。无论我们如何努力，都没有办法阻止日益增多的加害者吗？我们感到了深深的无力。在我们不知道的虚拟空间里发生的性剥削犯罪还有多少？想想就不寒而栗。但是，决不能就此放手不管，我们又立即行动起来。既然已经掌握了犯罪事实，举报是第一位的。只是我们有些担忧，警察目前正忙于调查Telegram的性剥削事件，还有余力立即调查新的性剥削犯罪吗？

我们决定向从2020年7月开始就一直与我们保持联系的江原地方警察厅报案。在过去的一年里，双方已经积累了信任，感觉这次也会比较顺利。为了更好地说明情况，我们和举报者一起去了春川。坐在江原地方警察厅网络调查队接待室里，我们向警方介绍了案件的具体情况，警察的反应和我们第一次听到这件事时一样。仅靠简单介绍是无法理解这一犯罪手法的，经过3个小时左右的说明，警察明白了问题的严重性。

但是问题是，目前没有证据可以证明犯罪事实。面对Telegram 中发生的性剥削，我们可以进去直接收集证据，但这次的犯罪窝点根本无从查起。加害者威胁、嘲弄受害者，却没有留下可以成为犯罪证据的痕迹，这确实是更高级别的犯罪。虽然对该问题进行了两个月的追踪调查，但是担心草率报道后加害者们可能销毁证据逃跑，我们只好继续关注并推迟了报道时间。这是一起像 N 号房事件那样的智能化网络犯罪。直到出版这本书的时候，我们还不知道能不能把这个问题报道出来。等加害者被捕的那天，我们就要进行报道。我们要让世人知道在韩国蔓延的数码性剥削犯罪的丑恶面目，只有这样才能正视并解决根深蒂固的强奸文化。

首尔中央地检的座谈会上

2020 年 5 月末，"追踪团火花"的官方账号收到了一封电子邮件，内容是让我们参加首尔中央地检（首尔中央地方检察院）关于数码性剥削犯罪的座谈会。这是一次不错的机会，借此我们可以直接反映活动期间发现的法律、制度缺陷。首尔中央地检还请我们以证人身份对 N 号房事件的全部内容做出证言。

6月初，我们到达首尔中央地检。参加座谈会的有首尔中央地检数码性犯罪特别调查小组的4名检察官和博士房受害者公设辩护人申珍熙律师、国会立法调查官田允贞、Reset的代表和"追踪团火花"。虽然我们的角色不同，但都有着相同的问题意识，所以在很多问题上都能产生共鸣。

申珍熙律师向大家介绍了2012年起对性剥削犯罪受害者进行支援的情况，并分析了在韩国数码性剥削犯罪是如何开始蔓延、已蔓延到何种程度，以及现在的问题是什么。申律师指出，问题便在于"流媒体"服务。这是因为，假如发现非法视频，只要向广播通信委员会举报，非法视频会在24小时内被删除，但是实时传送视频是无法阻止的。在座的人都切身感受到了这一问题的严重性。

田允贞立法调查官则表示，目前尚缺乏对受害者进行支援的法律依据，强调必须系统性地构筑起相关体系。Reset的代表也谈了自己感受到的问题。检察官们指出，虽然性剥削犯罪受害儿童可以由成人代为陈述（受害情况），但成人不能委托他人为自己陈述（受害情况），成人受害者也要受到保护。

会上大家讨论了数码性剥削犯罪的实态、对调查机关的期望、急需改善的制度等需要相互分享的部分。我们也谈了在一年多的时间里追踪这一事件的感受和发现的问题，比如，即使警方向检察机关申请拘捕令也常被驳回的问题，我们还介绍了不同平台共享性剥削视频的方式等。另外，针对数码性剥削犯罪等新型女性厌恶犯罪和暴力事件持续增加，可关于实际情况的统计资料严重不足的情况，我们建议，整理相关统计资料，以便更好地制定预防对策。

一个半小时的时间里，听了相关人士谈的诸多问题，我们切实感到需要韩国社会共同去做的事情还有很多。同时，与会的所有人都怀有同样的期望，这让我们感到了一种纽带感，心里非常欣慰。座谈会结束后大家一起去吃午饭，继续谈没有说完的问题。

午餐结束后，我们和 Reset 的代表分别接受了证人调查。我们介绍了进入 N 号房的方法、Telegram 聊天室的管理方式、"不雅账号"，并陈述了"博士"的犯罪行为等情况。另外，我们还就这种行为是否属于犯罪团伙组织罪等问题进行了讨论。进入首尔中央地检的时间是上午 11 点，但证人调查结束后已经是下午 6 点了。虽然身体无比疲惫，但一想到还有希望，我们的步伐不觉轻松了起来。

两次演讲

从 2020 年 5 月开始，我们不断收到地区性暴力咨询中心等机构的演讲邀请。我们一直认为，在根除数码性剥削犯罪的过程中，"认识的转变"是最难的一步。所以我们上传 YouTube 视频、接受采访、参加座谈会，还写了书，没想到还接到了演讲邀请。虽然一开始我们想拒绝，但是面对公众想要直接倾听数码性剥削犯罪实情的恳切请求，实在无法拒绝。我们还想知道，教育工作者想听哪些内容。

在接受演讲之前，我们向中心负责人提了一个要求，那就是不要向外部宣传是"追踪团火花"进行演讲，因为我们的人身安全一直在受到威胁。幸运的是，中心方面表示非常理解。最终我们决定在世宗市和金海市两地进行演讲。

我们要讲的内容不会是大家已经知道的吧？

准备演讲资料的时候，我们内心的负担突然重起来。听众都是性暴力咨询中心的人员吗？怀着不安的心情，我们再次联系了中心负责人，对方告诉我们，希望我们谈一下在调查过程中经历过的犯罪现场。

我们先去了世宗市。只听过演讲的我们竟然要去演讲，一方面有些激动，另一方面心理负担也很重。因为是第一次来世宗市，中心负责人去车站迎接我们。"大家都说看到追踪团火花要背着她们。"听见这话，我们不觉笑出了声。以为没有时间吃午饭，我们在龙山站吃了很多饭团和零食，结果见到我们，中心负责人说演讲可以晚一些开始，饭是一定要吃的，特意请我们吃了饭。

来到演讲厅，已经有10位性暴力预防教育讲师坐在那里。竟然有10个人来听我们演讲……之前因为担心人身安全，媒体采访时我们也总是要求人数越少越好。我们召开了紧急会议——"演讲时可以摘下口罩吗？""在这些人面前应该没事吧？"最后我们决定，不允许拍照，但我们露脸。

我们首先简要介绍了"追踪团火花"，接着对数码性剥削犯罪的用语进行了解释。刚开始追踪的时候，我们对各种用语也感到很陌生。所以我们介绍了数码性剥削、哥谭房、N号房、熟人凌辱、网盘联盟等用语，并讲述了从2019年7月至今追踪数码性剥削犯罪的过程。已经将内容大幅压缩，只是讲述追踪过程，可我们仍然哽咽了。火的声音有些嘶哑了，轮到丹说了。

丹整理了数码性剥削犯罪的案例和加害手法，介绍了韩国社会数码性剥削犯罪已经蔓延到了何种程度。虽然已经是熟知的内容，但不管是作为倾听者的火，还是作为讲述者的丹，都仍感到非常难过。就算反复听过多次，这些内容依然让人周身发冷。接着丹就"受害者为什么是无罪的"，火就"社会遗留的课题"分别陈述，结束了演讲。

第二次演讲由金海市女性会主办，听众人数也比世宗市多了3倍左右。我们原计划乘坐飞机从金浦出发，上午11点45分到达。睡了一觉醒来一看，已经11点55分了，可我们还在天上飞。机体在剧烈颠簸，窗外一片模糊，什么都看不清。我们开始担心演讲会推迟，更担心如果飞机突然出现问题怎么办。其他乘客也都惊慌失措。这样过了10分钟左右，广播通知响起："由于金海机场气象条件欠佳，我们的飞机暂时无法降落。预计将在30分钟内着陆。"听到这里，我们这才松了一口气。

抵达金海国际机场后，我们立即联系了负责人，说很抱歉，我们可能会晚10分钟，请求对方谅解。一下飞机我们就立刻乘轻轨赶往演讲现场，然后在没有做好充分准备的情况下开始了演讲。雪上加霜的是，保存在丹的笔记本电脑里的PPT出现了故障。演讲的时候，脑子里一片空白，因为太慌乱，我们都不知道自己在说什么。

好在休息时间过后，紧张感消除了。我们很自然地演讲着，不时和对方交换一下目光。"如果没有你，这次可怎么办啊！"这就叫作心灵相通吧。3个小时的演讲结束了，我们筋疲力尽地走出了演讲大厅。虽然比预想时间延长了30分钟左右，但还是有很多话没有说完。

演讲完出来，外面雨下得很大。没等撑开伞，雨水已经淋到了身上。冰冷的雨水从头顶流了下来。真是不容易啊，这一天太难了。后面还有两次演讲，我们仍然期望，通过更多的演讲，向世人揭露数码性剥削犯罪的真相。

> 写在最后

一切会有终结

2020年3月,各种采访邀请蜂拥而至之时,一些出版社也开始联系我们。我们一共收到了9家出版社的出版提议。由于每天忙于联系受害者、接受媒体采访等事,我们的身体已经接近极限,根本无暇考虑出版的问题。同时对于"我们能写书吗?"这个问题,我们也比较担忧。但是,以"追踪团火花"为名进行活动的过程中,写一本书的想法越来越强烈。因为仅仅看媒体采访内容,市民们在了解数码性剥削犯罪的问题上还明显存在很多局限性。

"好吧,我们写一本书,把数码性剥削犯罪的历史一一记录下来,借此来改变人们的认识,同时也把我们所感受到的愤怒和痛苦作为社会共同思考的问题提出来吧。"

在9家出版社中,我们与一家对书的想法和我们最契合的出版社签约了。5月第一周，我们发去了第一批稿子。如果想赶在9月份出版，每周至少需要写15页稿子。但是要做的事情实在太多了，由于持续的采访、演讲，我们一天连5个小时都睡不足。和打算将韩国数码性剥削犯罪问题制作成纪录片的导演见面，与最早提出和我们见面的《韩民族日报》进行直播采访，和SBS《想知道真相》节目组、KBS《时事企划——窗口》节目组见面并接受采访，拍摄YouTube视频，等等，如此不分昼夜，连续强行军。平日我们主要接受采访，周末就一直写书。虽然身心都很疲惫，但这至少间接证明了人们已认识到数码性剥削犯罪问题的严重性，所以我们咬牙坚持了下来。

写书的过程中，过去的很多回忆又被重新唤醒。曾有一次，因为脑海中重新浮现出的各种影像，我感到非常痛苦，连续两天的时间一个字都没写出来。由于跟编辑达成了协议，每周末都要发稿，于是每个周日的凌晨都变成了忙碌的发稿时间。

不过写书也有很多好处。以前因为平时太忙一直没时间看书，现在无论如何也要抽出时间去看。现在感觉似乎只有先读书才能写出书来。写第二部分的时候，想起曾经的过往我们就会不由自主地笑起来，追踪过程中产生的创伤也得到了治愈。现在我们正在写第三部分，很快就要发送最后一批稿子了。这段时间发生了很多事情，暴力型性犯罪反复发生，韩国法院不同意将"Welcome to Video"的运营者孙正宇引渡至美国，高中教师被爆出偷拍事件。那一周让我们觉得，作为韩国女性生活真的很难。

但我们还活着，活在这片土地上，不停地呐喊着。因为那些在各自的位置上形成一条纽带，并一起行动的人，我们才能描绘出明天的样子。"追踪团火花"支持性犯罪受害者的检举告发，她们的痛苦正透过我们的身体触动我们的心脏，当受害者将她们的伤痛变成我们的痛苦开始诉说时，仿佛有炽热的熔岩从我们的心脏喷涌而出。

希望在我们过去一年间写下的记录后面，能出现和我们共鸣、共愤的更多女性的足迹。

数码性犯罪举报	数码性犯罪咨询及删除非法影像
网络警察厅 112	女性紧急电话 1366（24 小时）
广播通信审议委员会 1377	数码性犯罪受害者支援中心电话 02-735-8994（平日 9~18 点）

（以上电话号码均为韩国相关机构的电话号码）

后记

我们的聊天室

火

（晚上）吃什么？中午吃的东西口味太重了，吃点容易消化的吧。粥怎么样？

丹

好啊……意大利烩饭？

火

不错哦……金枪鱼蔬菜粥？虾粥？啊，虾粥应该好喝。

丹
> 盖饭呢?

火
> 不错!

丹
> 那去地下二楼?

火
> 又去那里?啊,因为那里的食物很多?

丹
> 嗯嗯嗯嗯!

火
> 各种食物?嘿嘿……

丹
> 嗯,去多吃点吧。

> 丹
>
> 我们每人先来说一个对方的优点怎么样?

火

> 嗯,我觉得丹很仔细。刚才发邮件的时候就想,你不管做什么都准备得很充分。我有时候很马虎,每当看到你那么仔细,就觉得应该向你学习。

> 丹
>
> 我喜欢你的"明确"。你不是有很多喜欢和擅长的东西吗?比如开车、写作,还有说话和做菜。
>
> 你会说,"我擅长这个",然后明确地告诉别人自己擅长的事情是什么。
>
> 我看到后,就觉得你是个"很明确的人"。我觉得了解自己这点真的很好!

> 再来说因为对方而感到不舒服的事吧,你先来。

火

> 上次也说过,现在我要做的事情很多,这已经让我有些疲惫。你跟我说起这样那样的事情的时候,我会感到有负担。有时休息或者和朋友一起玩的时候,你自己来感觉了,然后说我们做这个吧,我们做那个吧。休息的时候我只想好好休息,很想拒绝,但是那样的话感觉很不好意思。

还有我们在一起的时候，有时候我会不喜欢自己的样子。我好像变得脾气更差，也更敏感了。你不是说和我在一起有竞争意识吗？当我感受到这一点的时候可能会不舒服吧，那个时候好像确实很难过，反正就有那种感觉。

我生日那天你给我写的信上，题目不是"我唯一希望能比我自己过得更好的人"吗？我看了很感动……然后突然就想，原来她有竞争意识啊，对我……

这样一想，我就会比较难过。我希望我们只是互相依靠的关系，但这好像很难。

丹

我先不解释你刚才说的，先说说你让我觉得不舒服的时候吧，因为这也许能成为答案。我心急的时候，会希望你马上回复我，有时不是。希望你马上回复我的时候，一般是发出了必须尽快处理的工作邮件，或者想知道你对我的意见有何看法的时候。

我觉得进行头脑风暴就像意识流一样自然，跟你联系的话就会一直说下去。朋友跟我说"你一有空就和火聊天呀"。

我们应该少联系一些吗……

12月份我给你发过圣诞贺卡，你1月份给我回复了，不久前我才看到。

你还记得吗？

火

> 完全不记得了。嘿嘿,我当时写什么了?

丹

> 你在信里说,最亲密的人是我。那时候我们不管说话还是想法,都能说到一块儿,想到一块儿。以前我们经常联系,我很高兴,但现在不知道这种心情哪里去了。
> 即使这样,我还是很喜欢你。
> 你是我非常好的朋友,所以我一直想,怎样才能让我们的关系重新变得健康。
> 我喜欢思考,想多参考其他报道,但你是第一位验收人,因此我就会有一种必须加快速度的压力。但是我们没有体系,所以更加需要讨论,有的时候讨论得太少,有时候太快了。

火

> 那……这段时间最让你感到累的是什么呢?

丹

> 这个活动能持续下去吗?因为没有钱,所以我不确定。如果我真的有很多钱,我们就不用问之前见过的受害者那么多问题了,会请她们吃饭,还会给

她们提供很多支援金。

在我们那么辛苦地接受采访期间,我们可以不坐地铁,而是坐出租车去消化日程,还可以在首尔找到房子,还有办公室,正式开展"追踪团火花"的活动。谁都无法干涉,我们想做什么就做什么。

如果我是有钱人,甚至可以开一家自己的报社,因为我已经实现资本独立。

我苦恼了很久,到底该就业,还是继续进行"追踪团火花"的活动。

火

因为没有钱承受了这么多压力啊,我都不知道。

丹

已经是应该自食其力的年龄了,突然开始参与社会运动。和同龄人相比,也没那么多时间,为了维持生计,在咖啡店兼职 5~6 个小时,回到家之后感觉特别累……

开展"追踪团火花"的活动的效率也降低了……

现在暂时只能靠奖金生活。因为没有经济来源,所以只好一点一点拿出来用。

我们一起活动期间,让你觉得最累的事是什么?最近一年最累的时候是……?

火

应该是为了在别人面前表现得更好的时候？想在这个人面前呈现出更好的样子，但没能做到的时候就会有压力。不知该不该叫作"伪装的样子"，但是有时想表现得更好会很累。

当然我也努力过，总之比起这种感觉，以"追踪团火花"的成员的身份活动时，我感觉感情消失了很多。意识到感情消失的时候会觉得很难受，高兴的事情也不会特别高兴，而是觉得人生无常……

丹

那伤心的时候也不会特别伤心吗？

火

不知道是一种什么感情。总之不是从我的视角来看待我的人生，而是一种解脱的感觉。心里想着"一切都会过去的"。

活动了一年，感觉最累的是处理人际关系。我们俩一起活动的时候，也是意见不合的时候很累。

丹

我们俩的关系……

火

嗯，我们整天黏在一起，彼此的目标一致，但是意见不合的时候，即使努力通过对话解决，也还是会觉得很累……

丹

我对自己有没有资格非常怀疑，然后渐渐变得忧郁，经常产生"我可以写下这些文字吗？"的疑惑。就算我不写别人，只写自己，也会想："如果我用这个词进行比喻的话，会不会有人因此受到伤害？""我可以批评这个人吗？会不会有人觉得我不懂事，会不会觉得我很奇怪？"我好像太在意别人的目光了。也许是因为我们暴露身份活动，所以我会这样想吧。

火

×××要求我们分析N号房的视频时，你所在的N号房已经被注销，我所在的还在。因为要整理视频中的受害事实，所以近两个小时的时间里，一个视频要看20遍，最近偶尔还会想起当时那个视频的残像，还有那个小虫子的视频……给我留下了很大的心理阴影。我一直告诉自己不要在意，但有时候会突然觉得"这本来就不是可以不在意的事情"。

丹

其实对我们来说，性剥削视频并不是远离生活的、虚构的、夸张的影像，而

> 是让人感觉真的有人像我们看到的那样。
>
> 我们不是单纯地目睹性剥削,而是直接经历过,所以难免会产生心理创伤。
>
> 即便如此,时常回忆那些残像,说出自己的感受,才会好起来。
>
> 这是心理医生说过的,你记得吗?

火

> 啊,是让我们接受这一切吗?

丹

> 我和心理医生一起回忆了大概两次。刚开始让我回忆的时候,我的嗓子就像在被人用针扎一样疼。
>
> 真的很疼。
>
> 但我按照心理医生的建议和指示做了,结束后不是要说一下感觉治疗怎么样吗?在发泄痛苦的过程中,我好像产生了克服的力量。
>
> 第二次回忆的时候,嗓子不疼了,只觉得"好伤心,好可怕"。如果说一开始为了回避记忆而痛苦地挣扎,那么第二次想起来的时候,似乎已经可以接受它们了。
>
> 希望一周能做一两次冥想,回忆那些给我们带来创伤的残像。不是说集体冥想的效果很好嘛!

火

对，冥想过以后我也好多了。我们活动期间，最让你害怕的一次是什么时候？

丹

我们去金海市演讲的时候飞机差点出事。想到死亡可能就在眼前，可世上还有很多心爱的人，所以非常难过。
我们不是连遗书都写好了吗……

火

我是在地铁被那个大妈尾随的时候……想起那时，现在还是有点害怕。
"追踪团火花"的活动不全是让人开心的，那为什么还要继续呢？

丹

与其说很多这样那样的活动是我们想做的，不如说是出于一种义务感吧。
而且我觉得我们的活动是有充分价值的，应该继续下去。比起成为记者，继续进行这样的活动也能唤起公众对数码性剥削犯罪的关注，继续调查取材也可以表现出作为媒体人的可能性，因此这是很有意义的工作。
我是这样想的。

火

即使赚不到钱,也会继续下去吗?

丹

如果能继续活动,钱只要够够维持生计就可以了吧?没有一个月非要赚500万这类想法。虽然住在父母家……也不知道这样父母高不高兴。
呵呵,你呢?

火

当然赚得越多越好……不过重要的是我们的活动,跟钱好像没有太大关系。

丹

什么时候感觉到自己成长了?

火

如果不是和你一起成为"追踪团火花",很多活动我都进行不了。大学期间,担任选管委员长或学生会干部时的一些经历,让我产生过成长了的感觉。和男朋友从交往到分手也对我的成长有过帮助。这次活动期间,我觉得与其说通过某一件具体的事情,不如说在所有事情上,和人打交道、工作、构想事业、采访、合作,通过这些事情都让我成长了!因为我们真的做了很多事。

丹呢?

丹

经历了这一年的事情,我不太相信别人了,同时也不想伤害别人。以前我会强迫别人接受自己的意见,但现在一般不会这样了。我觉得只要默默地走自己的路就行了,不会对所有的付出都期望得到回报。这种想法越来越强烈,所以也算成长了吧。

火

有没有哪种精神是我们不可以忘记的?

丹

像家训那样?我觉得是"不要轻易下结论"。

火

我觉得是"客观地看待我们的行动"。书应该快写完了。今后打算做什么呢?

丹

和你去济州岛旅行，啊，最近机票很贵吧？那……去郁陵岛？

还有在想要不要每天都写日记，还有一起冥想。

火

我打算一周必须读两本书以上。

还想做运动，还想学英语！我真的很喜欢英语。昨天走路的时候看到前面的人用英语打电话，我呆呆地盯着人家看了半天。

丹

你也会用英语打电话啊！

火

我说得没有人家那么好。

丹

我也打算学英语。英语学好的话，今后活动的路子会多一些。

我们今后也能排除万难吧？

火

当然了!一定会的。去心理咨询以后,经过倾诉,我已经慢慢好多了。

丹

我也是!把苦恼说给别人听以后就好多了。

有人倾听自己的心声真是值得感恩的一件事。

今后如果遇到困难,也会有人愿意倾听吧?

火

对啊对啊。那么就到此为止?

丹

这就结束了吗?太有意思了,再说一个吧。

没别的了吗?没了吗?

火

那我们每人说一句鼓励对方的话,然后结束吧!

丹

火,直到现在你都是我唯一希望能比我自己过得好的人。谢谢你一直陪着我。

火

因为和丹一起,所以我才能来到这里。谢谢你。

总有一天,这一切都会结束的。让我们一起笑着等待那一天吧。

附录

附录 1　重写司法正义，根除性暴力 / 性剥削市民法庭（集会）发言文

（2020 年 8 月）

附录 2　"出售未成年人性剥削视频吗？"——Telegram 上的非法活动猖獗

——第一届新闻通信振兴会"深度报道"征集活动优秀作品

（2019 年 9 月）

附录 3　数码性犯罪用语整理

附录1 重写司法正义，根除性暴力/性剥削市民法庭（集会）发言文

发言者："追踪团火花"
代读者：因N号房事件感到愤怒的活动家们
时　间：2020年8月16日下午6点
地　点：瑞草站7号出口
主　办：因N号房事件感到愤怒的人们

"比愚昧无知的大众具备高见卓识的精英们，与其在乎大众的看法，自主进行判断的做法才是正确的。"

这是18世纪英国保守主义理论家埃德蒙·伯克的观点。最近，法庭对性剥削加害者的判决引起了很大争议，不少法庭人士似乎把伯克的这一观点当作了自己的座右铭。希望他们能从这种傲慢的想法中清醒过来。

7月29日，在国会法制司法委员会上，共同民主党议员金龙

民问:"世界最大的儿童性剥削网站'Welcome to Video'的运营者孙正宇（24岁）的所有罪名,以'包括的一罪[①]'的方式处理是否妥当?"法院行政处长赵在延回答"这是法庭的判断,不便发表个人意见",避开了这个问题。其回答中流露出的傲慢正让国民不断发出不满的声音。

傲慢导致惰性。法院对（儿童性剥削视频的）销售、制作、流通等都单独看待,但孙正宇事件罕见地以包括的一罪定罪。我们不禁要问,在做出判决前后,法官是否真正严肃考虑过量刑和包括的一罪问题?对于惰性带来的这一不痛不痒的判决,司法部应该给国民一个像样的说法。

法院行政处长赵在延,以及做出禁止将孙正宇遣送回美国的判决的审判部的姜英洙等,你们知道性剥削加害者们有多勤奋吗?"博士"赵周彬、"GodGod"文炯旭、"Kelly"申某、"Watch Man"全某、"布达"姜勋、"Ikiya"李元昊、"Welcome to Video"的运营者孙正宇等,性剥削加害者们都很勤奋,为了不留下犯罪证据,他们用的是"裸机"[②]手机。他们还互相学习"如

[①] 包括的一罪一般是指存在数个法益侵害事实,但是通过适用一个法条就可以对数个事实进行包括的评价的情形。——张明楷.刑法原理（第二版）.北京:商务印书馆,2017.
[②] 不包含任何通信服务和绑定费用的手机,某些运营商提供的裸机只能使用特定的手机卡。——编者注

何做笔录"，并"辛勤"地制作黑客程序，以窃取受害者的个人信息。

对性剥削犯罪收益进行洗钱对他们来说也不算难事。他们可以通过密码货币专家得到安全的货币推荐，用以进行性剥削影像交易。从博士房进到牢房的赵周彬每天都在写检讨书。追踪 Telegram 性剥削聊天室一年，我们发现加害者在被抓之前为了不被抓住，被抓以后为了减轻刑罚，无一不使出了浑身解数。

加害者就像是无论怎么杀都一直不断爬出的"蟑螂"。司法部不同情受害者，而是在同情"什么"？

负责 Telegram 性剥削案的法官能像加害者一样努力就够了。不要一直"纸上谈兵"，去现场了解一下事实真相吧。我们知道，有些法官虽然公务繁忙，但仍勤于现场办公。在尖锐对峙的两个"真相"中，法官要做出支持哪一方的选择，责任重大。如果前面说的去现场了解真相的做法不现实，就算只通过法律的量刑，也要尽量做到严惩加害者。

二审宣判两周前，孙正宇进行了结婚登记，法庭也把这个当作了减刑要素。把结婚作为减刑理由已经很荒唐了，最近由于女方提起婚姻无效诉讼，孙正宇的婚姻生活宣告结束。先减刑，后宣布婚姻无效，最终让孙正宇的这一"回归社会"的剧本成为现实的正是韩国司法部。

负责孙正宇案相关审判和审理引渡美国一事的司法部，你们还保有一丝一毫对达成和维护司法正义的初心吗？

如果有，就脱下法官服离开吧。

2020年8月16日　"追踪团火花"

附录 2 "出售未成年人性剥削视频吗?"——Telegram 上的非法活动猖獗

将服务器设在海外的移动聊天软件上,13000 名用户在观看韩国未成年人非法拍摄视频。

卫生间、出租屋非法拍摄视频等多达 20GB……警方急需采取要求海外协助调查等对策。

记者调查发现,聊天软件 Telegram 上堂而皇之地开设了不少分享儿童青少年性剥削影像的聊天室。近来,由于政府对网络硬盘网站加强了监管,一些非法拍摄影像的上传者开始将阵地转移到服务器设在德国的 Telegram 上。为了解 Telegram 聊天室的非法拍摄影像的传播情况,记者在大约一个月的时间里在 Telegram 聊天室进行了卧底,并收集到了聊天室成员们传播儿童、青少年性剥削视频和非法成人网站链接的证据。凭借着 Telegram 极强的保密性,加害者们随意散布非法摄影视频,甚至策划强奸未成年人。通过调查，记者揭开了匿名背后加害者们的丑恶面目。

虽然目前还不乏对受害者造成二次伤害的担忧，但是不能继续默认和旁观加害者作恶，出于这样的目的我们策划了此次报道。希望这能成为追究拍摄和散布性剥削视频加害者责任的第一步。（记者注）

◇ 非法拍摄视频大行其道的"乐园"Telegram

"这里发布的所有视频和图片，都是威胁那些有'不雅账号'的女生拍摄的。因为她们不服从要求，还尝试逃跑，各位可以自由传播、使用这些视频。"

非法网站"a×××"上发布了一个 Telegram 聊天室的链接。点击该链接，就来到了有 1728 人（截至 2019 年 7 月 30 日下午 5 时）加入的聊天室 A。这是进入分享各种性剥削影像的聊天室的第一个途径。聊天室 A 中的大部分对话主要是询问各种性剥削影像的信息或日常对话。表面上看起来这里只是单纯地进行一些比较隐蔽的对话的聊天室，但实际并非如此。这个聊天室是进入传播性剥削影像的衍生房的中间桥梁。去往衍生房的链接会在这里不定时出现。截至 7 月 30 日下午 5 时，衍生房有 4 个以上，成员的总人数超过了 7000 人。即使算上重复参与的成员，这也绝非一个小数字。仅仅是衍生房 B 就上传了性剥削视频 938 个、照片 1898 张、文件 233 个。其中，性剥削视频主要是对不同年龄、国籍的儿童进行性剥削的视频，拍摄地点为洗手间或出租屋的非法拍摄的视频，强奸吃了 GHB 的女生的视频。

图片 1　传播儿童性剥削影像的 Telegram 聊天室公告中，公然写着"通过威胁儿童和青少年获得的资料"。"不雅账号"是"发布不雅内容的账号"的缩略语，账号的主人一般在 Twitter 上使用"不雅账号"分类标签，用于表达性欲望

有时一夜之间聊天室里的对话就能达到13000条。如果不上传非法拍摄影像或不参与色情聊天，还会被移出聊天室，因此成员们纷纷上传自己拥有的非法拍摄影像，还称赞那些大批量上传者，并且表示想要"自拍"（本人自己拍摄的非法摄影影像）。这里是商业色情片的集结地，传播非法拍摄影像、嘲弄女性的做法也在这里靡然成风。

◇ 大量用户涌向"号码房"观看未成年人性剥削视频……30多名受害者的姓名和学校被公开

进入聊天室A的人最感兴趣的就是被称为"号码房"的1~8号聊天室。号码房里有大量通过威胁未成年人制作的性剥削视频。根据推测，受害者可能超过30人。聊天室A的管理者定期上传号码房受害者的名字、学校、班级、看过视频的成员对受害者的评价，激发成员们的好奇心。进到号码房的成员们往往一边观看未成年受害者的性剥削视频，一边对其评头论足，有人还把受害者的裸体照片做成Telegram的聊天表情，还有人甚至说着"去××（被曝光个人信息的受害者）学校找她吧"，策划集体强奸。

如果想得到进入号码房的链接，就要进入聊天室A衍生的聊天室B并得到认证。2019年7月11日晚10时，进入聊天室B的参与者超过400人。由于这个聊天室的管理者不止一个，几个人

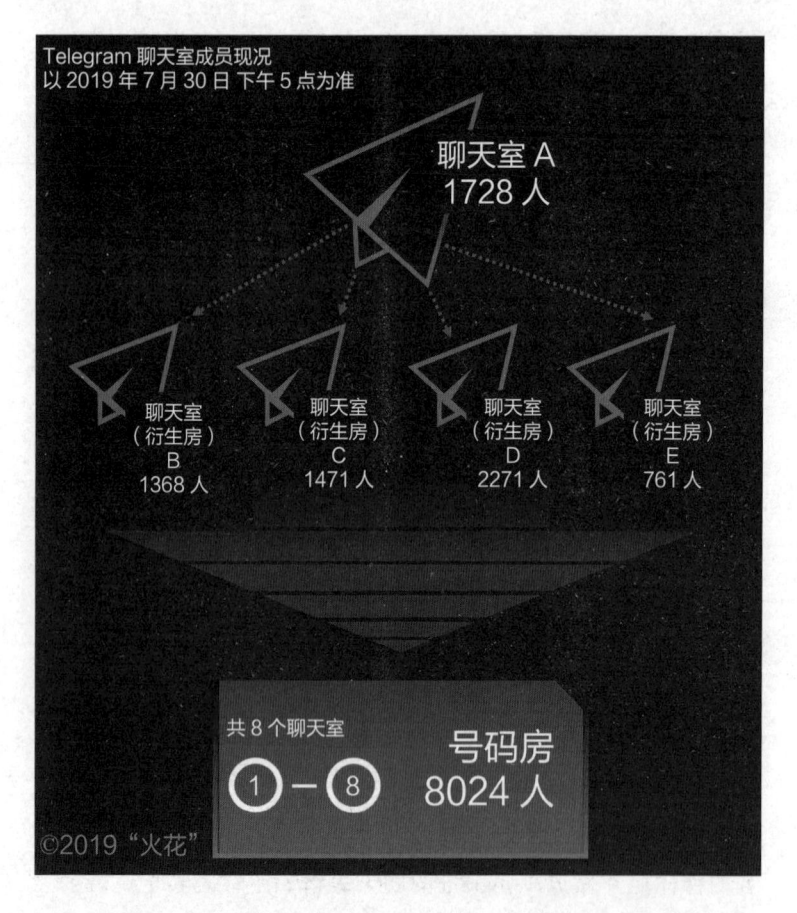

图片 2　仅是聊天室 A 衍生出的房间就超过 4 个，号码房中随时在上传通过胁迫未成年人获得的性剥削影像。每个房间下面的数字代表当时参与聊天的实际人数

聊天室 A 部分聊天内容
2019 年 7 月 15 日

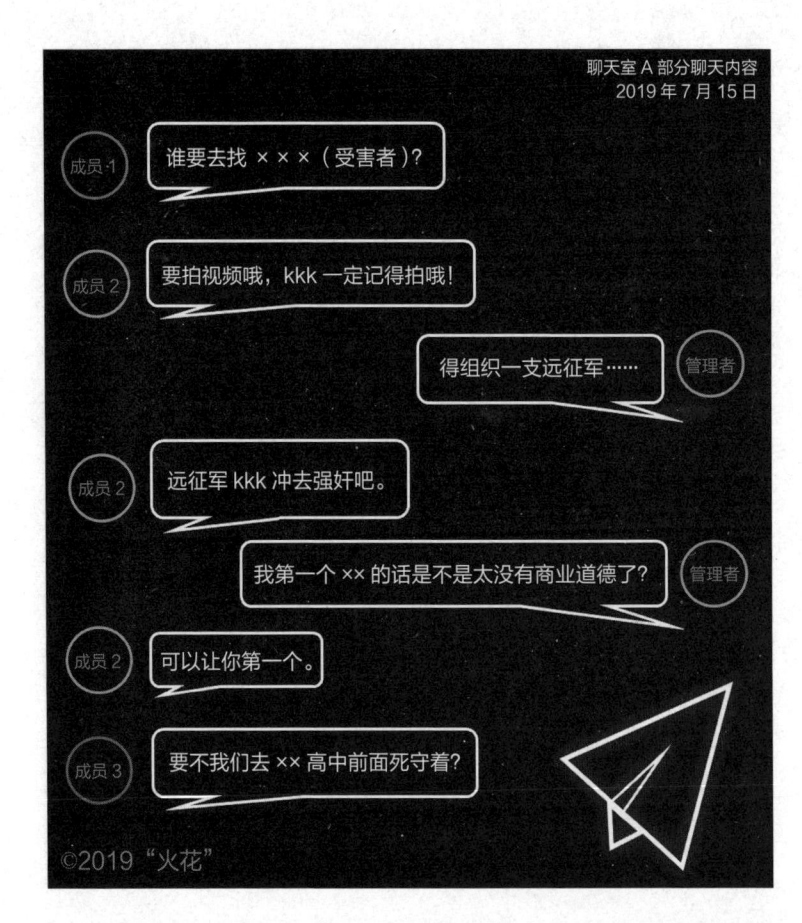

成员 1：谁要去找 ×××（受害者）？

成员 2：要拍视频哦，kkk 一定记得拍哦！

管理者：得组织一支远征军……

成员 2：远征军 kkk 冲去强奸吧。

管理者：我第一个 ×× 的话是不是太没有商业道德了？

成员 2：可以让你第一个。

成员 3：要不我们去 ×× 高中前面死守着？

©2019 "火花"

图片 3　聊天室 A 部分聊天内容。加害者们策划强奸个人信息遭到泄露的未成年人

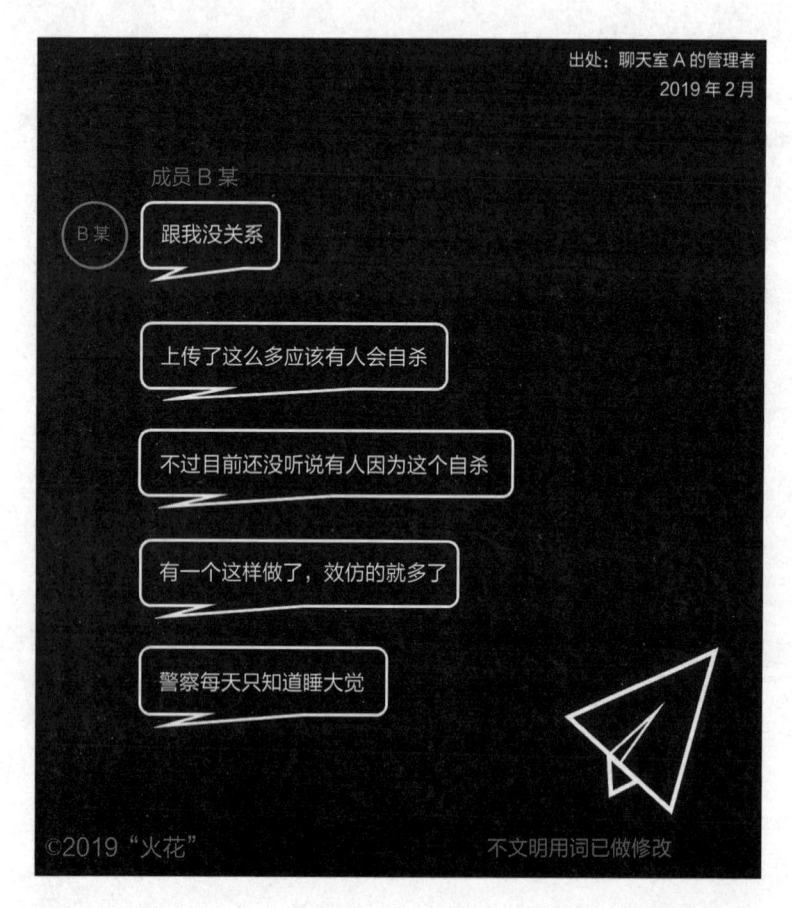

> 出处：聊天室 A 的管理者
> 2019 年 2 月
>
> 成员 B 某
>
> B 某：跟我没关系
>
> 上传了这么多应该有人会自杀
>
> 不过目前还没听说有人因为这个自杀
>
> 有一个这样做了，效仿的就多了
>
> 警察每天只知道睡大觉
>
> ©2019"火花"　　不文明用词已做修改

图片 4　最初的性剥削视频散布者——成员 B 某在衍生房发出的部分聊天内容

轮流出来发链接，标准也各不相同。有的管理者要求成员发送性剥削影像，如果自己喜欢就会告诉对方链接。得知号码房的存在约5个小时后，记者得以进入号码房。原因是其中一位管理者没有任何特殊要求，甚至不管性别和是否拥有性剥削影像便提供了链接。他唯一的要求是把头像设为日本动漫女主角。也就是说，只要愿意，任何人都可以进入号码房。于是记者来到了号码房，发现这里共有20GB的性剥削影像。20GB的容量相当于14部电影（以每部1.4GB为例）。

◇ 威胁未成年人的手法恶劣

号码房的成员的性剥削目标是曾在SNS上传本人裸照和使用"不雅账号"标签的未成年人。"不雅账号"指那些在Twitter上传本人的裸露照片或自慰行为视频，用于表达性欲望的账号。根据最初散布者B某在聊天室A中透露的内容，从去年六七月份到今年（2020年）年初，他先是通过"不雅账号"标签向受害者的Twitter账号发送黑客链接，入侵对方的账号，之后谎称自己是警察，要以"传播淫秽内容"的罪名控诉对方，并收集了对方的姓名、身份证号码、学校名称、联系方式等信息。在此过程中，他威胁对方"按照指示去做，不然就告诉你的父母"，还让对方用刀在身上刻上"奴隶"字样，并拍摄自慰视频等。截至1月30日，个人信息、性剥削影像被传播到号码房的受害者已超过 30 人。

原本管理 1~5 号号码房的 B 某现在已经退出了 Telegram。聊天室 A 的管理者称，B 某在退出之前将进入号码房的链接交给了自己，同时透露了犯罪原因等。B 某说，自己是为了缓解压力才做这些的，还透露让受害者做过的最严重的事就是让其"和弟弟进行口交"。目前这些号码房里的视频仍然可以下载，且通过 SNS、各种非法网页等被迅速传播。

◇ 必须有人死了才会结束吗？——嘲笑警察的加害者们

聊天室的成员们纷纷表示"警察无法调查 Telegram，哈哈""服务器在国外，怎么抓啊""政府切断 Telegram？政府内部都用 Telegram"，叫嚣着自己绝对不会被抓。Telegram 是为了避开俄罗斯的监视而开发的聊天工具，虽然定期有奖金高达数亿韩元的黑客大赛，但是至今无人可以破解其密码，保安系统十分牢固。正因如此，作为非法拍摄影像的散布者的号码房成员们感到十分安心。那么，在"个人信息保护"的大树下，必然存在"散布非法拍摄影像"的阴影吗？对此警方表示，抓捕 Telegram 中的犯人并非完全不可能。

2019 年 5 月，一名在深网（deep web）上运营儿童性剥削影像网站的 20 多岁男子在忠清南道唐津市被捕。因从网站用户那里收取比特币，销售儿童性剥削影像，该男子终于露出了马脚。此次事件如果有Telegram运营者的协助，就有希望抓住犯人。江原地方警察厅网络搜查队队长全仁宰表示："由于海外对儿童性剥削事件的处罚更为严厉，因此Telegram运营者也可以通过本厅国际刑警组织申请拘捕令，要求协助调查。"只是"海外的程序比国内复杂，需要花费很长时间，在请求合作调查和等待期间需要尽早展开独立调查"。他还表示，目前"正在卧底搜查衍生聊天室B""已经搜集了一些可以确定成员身份的线索，接下来还会继续调查"。全队长说："即使是出于好奇心参与聊天，如果发布了非法拍摄影像的相关链接或散布自己持有的儿童性剥削影像及其他非法拍摄影像，也会受到相应的处罚""因为聊天室是管理者创建并管理的，所以最终目标是抓住管理者"。

◇ 受到全世界谴责的Telegram，要想根除需要政府出面

面对非法拍摄影像大肆散播的Telegram，"需要自净"的呼声不绝于耳。2019年1月，苹果iOS应用程序商店突然下架了Telegram，24小时后，该软件又重新上架。当时的苹果的全球营销高级副总裁菲尔·席勒表示，"下架Telegram应用程序是因为儿童性剥削影像问题"。苹果公司对Telegram开发者做出提醒后，还对美国失踪和受剥削儿童中心（NCMEC）与美国当局进行了通

告。2019年，在瑞士举行的世界经济论坛（WEF）上，英国前首相特雷莎·梅（Theresa May）也曾批评Telegram是"为恋童癖者建构的平台"。建国大学身体文化研究所教授尹金智英表示："要让Telegram运营者认识到，数码性剥削暴力是比保密政策更重要的女性人权问题，也是侵犯肖像权和人格权的问题，为此有必要进行政策和法制方面的合作。"

相关专家也一致表示担忧，要求当局采取行动。京畿大学犯罪心理学系教授李秀贞表示，"这当然需要政府层面向Telegram运营者提出要求，找出相关用户""就算这次的要求不答应，但反复要求总会带来改变的契机"。尹金智英教授也表示，"政府应该通过申请海外协助，从超国家层面制定实质性方案"。她还建议，"有必要制定法案，使Telegram运营者承担起通过技术手段切断（非法影像）传播途径的义务，比如在聊天室中，一旦出现散播非法拍摄影像的情况，实现一键向平台运营者举报的功能"。

调查组 "火花"

附录3 数码性犯罪用语整理

数码性暴力

指利用笔记本电脑、电脑、手机、平板电脑等数码设备对受害者进行性剥削，侵犯其人权的一切暴力行为。性暴力是包括性骚扰、猥亵、性暴力、性买卖等在内的概念。

数码性犯罪

这意味着数码性暴力在现行法律中被认定为一种"犯罪"。包括数码性剥削、非法拍摄、未经本人同意散布其性影像、利用Deepfake等通信技术进行淫乱行为等。

儿童、青少年性剥削影像

2020年6月，根据《儿童、青少年性保护相关法律部分修正案》，"利用儿童、青少年的淫秽物"的用语变更为"儿童、青少年性剥削影像"。性剥削是指强迫发生性行为或相应行为，或者以此谋取利益的犯罪。

网络诱骗

受害者是加害者在游戏、聊天、应用程序、社交网络等网络空间中遇到的人。加害者通常先以朋友，或姐姐、哥哥等身份获得受害者的信任，在心理上对受害者进行精神控制，然后慢慢通过责令拍摄性照片或视频对其进行性剥削。短则几个小时、长则几年的案例均有发生。一般来说，网络诱骗均会发展为数码性剥削。

聊天诈骗

通过在线聊天进行性行为时，将过程录制成视频，同时入侵受害者的通信设备，盗取通讯录信息，然后威胁对方会向熟人散布上述视频。威胁过程中还可能要求受害者与自己见面发生性关系，或拍摄性剥削视频等。作案动机大多数是为了获取金钱利益。

熟人凌辱（合成照片）

将SNS上熟人的照片储存到自己的电子设备上后，将照片和受害者的个人信息上传到网络上的一种犯罪。犯罪者通常还会进一步在相关帖子中进行色情评论，甚至将色情照片和受害者的脸进行合成，然后传播到Tumblr[①]、Telegram、Twitter等社交媒体上，和少则数百人、多则数万人分享合成照片，进行色情聊天。熟人凌辱受害者的职业和年龄不一，受害人群规模较大。但是，由于是在网络中发生的犯罪，作为普通人的受害者本人通常对自身的受害事实毫不知晓。如果抓不到加害者，很有可能继续发生犯罪。

"Welcome to Video"

韩国人孙正宇运营的世界最大的儿童青少年性剥削网站。这里约有22万个儿童性剥削影像存在。网站上传视频的页面上有"请勿上传成人色情视频"的公告。

网盘联盟

指的是以获取非法拍摄影像的非法流通收益为目的，主要淫秽网站运营者、大量上传非法内容的"非法上传者（Heavy Uploader）"以及删帖公司之间形成的勾结关系。韩国未来技术前会长杨镇镐因涉嫌非法流通淫秽物品被移交法院审理，他是网络联盟的核心人物。

[①] 汤博乐，成立于2007年，是全球最大的轻博客网站。——编者注

哥谭房

"Watch Man"管理的 Telegram 聊天室的名称,主要用于宣传 N 号房。该聊天室还上传了性剥削犯罪受害者的个人信息,同时分享对儿童进行性剥削的方法、躲避警方调查的方法、写调查书的方法等。

"AV-SNOOP"

曾是 Telegram 的哥谭房的管理者的"Watch Man"经营多年的谷歌博客。用于分享包括 N 号房的视频在内的非法拍摄影像观后感,同时"Watch Man"在博客上大量上传受害者的个人信息和照片,以激发他人的好奇心。就是在这里,"追踪团火花"第一次知道了 N 号房的存在。

N 号房

分享"GodGod"文炯旭通过威胁儿童、青少年制作的性剥削视频的 Telegram 聊天室。"N 号房"的"N"是"Number"的首字母,从 1 号房到 8 号房一共 8 个聊天室,统称为 N 号房。Telegram 聊天室与普通聊天室不同,不能发送对话内容,只能上传性剥削视频。进入 N 号房后,可以用自己的电子设备下载里面的性剥削视频。

博士房

用于上传"博士"赵周彬制作的性剥削影像的聊天室，目的是为了获取经济利益，主要通过无法追踪的加密货币"门罗币"进行交易。"博士"仅在 Telegram 就开设了收费房、公告房、上传房、宣传房等数十个房间，每个聊天室都有不同的用途。在这些聊天室中，"博士"自诩"首领""艺术家""社长"等。根据他的宣传，收费房的入场费从 10 万到 150 万韩元不等，购买 100 万韩元入场券者，可以给予两个月对受害者实行性虐待的权限。

Telegram 自警团

通过聊天软件、Twitter 等，怂恿他人进行熟人凌辱，或者鼓吹可以替人进行熟人凌辱，寻找雇主的团伙。在此过程中，自警团会获取雇主的个人信息和受害者的 SNS 账号等信息。接着，他们会反过来用加害证据威胁委托者，尝试对其进行性剥削，说如果不服从命令，将向受害者告知对方委托自己进行熟人凌辱的事实。他们还经常在 Telegram 和 SNS 上曝光委托者的身份。

우리가 우리를 우리라고 부를 때
WHEN WE CALL US 'WE'
By Team Flame
Copyright ⓒ 2020 Team Flame
All rights reserved
Original Korean edition published by YIBOM Publishers
Simplified Chinese translation rights arranged with YIBOM Publishers
through BC Agency and Japan Creative Agency.
Simplified Chinese edition copyright ⓒ 2022
by China South Booky Culture Media Co., LTD

ⓒ 中南博集天卷文化传媒有限公司。本书版权受法律保护。未经权利人许可，任何人不得以任何方式使用本书包括正文、插图、封面、版式等任何部分内容，违者将受到法律制裁。

著作权合同登记号：图字 18-2021-259

图书在版编目（CIP）数据

N号房追踪记 / 韩国追踪团火花著；叶蕾蕾译. --
长沙：湖南文艺出版社，2022.1
ISBN 978-7-5726-0429-4

Ⅰ. ①N… Ⅱ. ①韩… ②叶… Ⅲ. ①纪实文学—韩国—现代 Ⅳ. ①I312.655

中国版本图书馆 CIP 数据核字（2021）第 210940 号

上架建议：畅销·纪实文学

NHAOFANG ZHUIZONG JI
N 号房追踪记

作　　者：	[韩]追踪团火花（추적단 불꽃）
译　　者：	叶蕾蕾
出 版 人：	曾赛丰
责任编辑：	刘雪琳
监　　制：	董晓磊
策划编辑：	张婉希
特约编辑：	张亚一
营销编辑：	张艾茵　宋静雯　王爱婷
版权编辑：	辛艳　金哲
特别支持：	田禾子
装帧设计：	潘雪琴
内文排版：	百朗文化
出　　版：	湖南文艺出版社
	（长沙市雨花区东二环一段 508 号　邮编：410014）
网　　址：	www.hnwy.net
印　　刷：	北京天宇万达印刷有限公司
经　　销：	新华书店
开　　本：	875mm×1230mm　1/32
字　　数：	186 千字
印　　张：	10
版　　次：	2022 年 1 月第 1 版
印　　次：	2022 年 1 月第 1 次印刷
书　　号：	ISBN 978-7-5726-0429-4
定　　价：	59.80 元

若有质量问题，请致电质量监督电话：010-59096394
团购电话：010-59320018